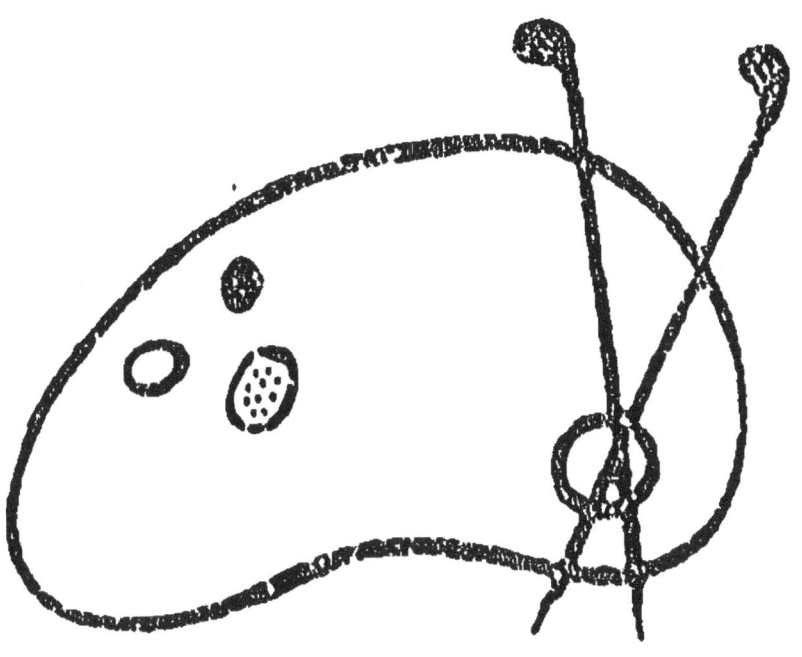

Couvertures supérieure et inférieure
en couleur

LÉON DE TINSEAU

ALAIN

DE

KERISEL

PARIS

PAUL OLLENDORFF, ÉDITEUR

28 BIS, RUE DE RICHELIEU, 28 BIS

1883

COLLECTION IN-18 JÉSUS, A 3 fr. 50 LE VOLUME

ALBALAT (Antoine). — L'Inassouvie — Un Adultère. 3° édition.

ALIS (Harry). — Hara-Kiri, 3° édition.

ANGE BÉNIGNE. — Les Vieilles Maîtresses, 3° édition. — Monsieur Daphnis et Mademoiselle Chloé.

AUDEBRAND (Philibert). — Le Péché de Son Excellence, 3° édition.

BAUQUENNE (Alain). — L'Écuyère, 3° édition. — Ménages parisiens, 6° édition. — La Maréchale. 5° édit.

BERGERAT (Émile). Le Faublas malgré lui, 4° édition.

BERTERA (André). — L'Amoureuse de maître Wilhem.

BOCAGE (Henri). — Le Bel Armand.

BONNIÈRES (Robert de). — Mémoires d'aujourd'hui, 3° édition.

BOUTELLEAU (Georges). — Méha, 4° édition.

HUES (Théodore). — Pierre Sordet.

CHAMPSAUR (Félicien). — Dinah-Samuel, 7° édition.

CHAPRON (Léon). — Le long des Rues, 3° édition.

CHARNACE (Guy de). — Un homme fatal, 2° éd. — Une Parvenue, 2° éd.

CIM (Albert). Deux Malheureuses, 3° édition.

COQUELIN CADET de la Comédie-Française — La Vie humoristique avec portrait, 2° édition.

D'ALMBERT. — Trévenor, 2° édition.

DAVYL (Louis). — Les Idées de Pierre Quiroul, 3° édition.

DELPIT (Albert). — Le Fils de Coralie, 16° édition. — Le Père de Martial, 17° édition. — La Marquise, 41° édition.

DENOY. — Mademoiselle Clarens.

DEPARDIEU (Félix). — Nina, 3° édit.

EPHEYRE (Charles). — A la recherche du bonheur.

FISTIÉ (Camille). — L'amour au village, avec une préface de André Theuriet, 2° édition.

FRÉDÉRICK-LEMAITRE. — Souvenirs publiés par son fils avec portrait, 2° édition.

GARENNES (Ernest). — Le Sergent Villafoux.

GOBIN. — A l'Atelier, 3° édition.

HENNEQUIN (Émile). — Contes grotesques, par Édgar Poë. Traduction.

HENRY (Lucien). — Gauloiseries et Calembredaines.

HERVILLY (Ernest d'). — Les Armes de la femme, avec dessins de P. Oulin.

LAFENESTRE (Georges). — Bartolomea, 3° édit. — Idylles et Chansons.

LAUNAY (Alph. de). — Culottes rouges, avec croquis par O'Bry. — Les demoiselles Sevellec.

LAVIGNE (Ernest). — Le Roman d'une Nihiliste, 3° édition.

LE ROY (Albert). — Part à trois, 3° édition.

LETORIÈRE (Étincelle) le Vicomte Georges de). — Voyage autour des Parisiennes, avec vignette, 6° édit. — Amours et Amitiés parisiennes, 4° édition.

MAIZEROY (René). — Celles qu'on aime, 9° édition.

MEROUVEL (Ch.). — Caprice des Dames. 7° édition.

MOUËZY (André). — L'Oncle de Danielle, 3° édition.

OHNET (Georges). — Serge Panine, (Ouvrage couronné par l'Académie française), 86° édition. — Le Maître de forges, 74° édition. La Comtesse Sarah. 81° édition.

OSMND (Marquise d'), l'Amour partout, 3° édition.

PÈGE DE CEHEL. — Chichinette. 2° éd.

PONS A.-J. - Sainte-Beuve et ses Inconnues, avec une préface de Sainte-Beuve. 12° édition. — Ernest Renan et les Origines du christianisme, 3° éd.

RABUSSON (Henry). — Fiancée ! 3° éd.

RAMBAUD (Yveling). Bosane.

RATTAZZI (Mme). — La Belle Juive.

ROD (Edouard). — Côte à côte, 3° éd.

ROGER G. — Le Carnet d'un ténor, avec une préface de Philippe Gille et un portrait de Roger, 5° édition.

ROLLAND (Jean). La fille aux Oies. Mon grand-père Vauthret, 3° édition.

ROUŸ (Hersilie), Mémoires d'une aliénée

SAMSON de la Comédie-Française. — Mémoires (avec portrait).

SARCEY. — Le Mot et la Chose, 2° éd.

SILVESTRE (Armand). — Les Farces de mon ami Jacques, 11° édition. — Le filleul du Docteur Trousse-Cadet, 6° édition. — Les malheurs du commandant Laripète, 15° édit. — Les mémoires d'un Galopin, 12° éd. — Madame Dandin et Mademoiselle Phryné. 7° édition.

THEO-CRITT. — Nos farces à Saumur, illustrées par O'Bry, 16° édition. — Le 13° Cuirassiers, avec illustrations, par O'Bry, 17° édition.

THEURIET (André). — La Maison des deux Barbeaux. — Le Sang des Finoël, 4° édition. — Sauvageonne, 10° édition. — Les Mauvais Ménages. — Michel Verneuil.

VAST-RICOUARD. — Claire Albertin. — Vices Parisiens. — Séraphin et Cie, roman parisien, 12° édition. — LA Vieille 22° édition, 1 vol. grand in-18. — La Jeune Garde, 16° édition. Le Général, 10° édition.

VERNIER (Paul). — La Chasse aux Nihilistes, 2° édition.

VILLEMOT (Émile). — Les Bêtises du cœur, 8° édition. — Les Femmes comme il en faut, 12° édition. — Ne vous mariez pas ! 6° édition. Théâtre de campagne, Recueil méthodique de Comédies de salon. Huit volumes ont paru.

F. AUREAU. — IMPRIMERIE DE LAGNY.

ALAIN DE KERISEL

P. AURRAU. — IMPRIMERIS DE LAGNY

LÉON DE TINSEAU

ALAIN

DE

KERISEL

PARIS

PAUL OLLENDORFF, ÉDITEUR

28 BIS, RUE DE RICHELIEU, 28 BIS

1883

Il a été tiré de cet ouvrage 10 exemplaires
sur papier vergé de Hollande

ALAIN DE KERISEL

I

— Mon commandant, nous sommes parés
pour l'appareillage.

— *Tenez bon* un demi-quart d'heure, lieutenant. Nous avons deux passagers à prendre ici
et je vois leurs deux embarcations qui nagent
sur nous. Aussitôt les voyageurs à bord, faites
déraper et en route.

Ces paroles s'échangeaient le 25 octobre 1881,
vers quatre heures du soir, sur la passerelle du
Bassac, magnifique paquebot au grand mât duquel flottait le pavillon blanc encadré de rouge,

1

et timbré des deux M des Messageries Maritimes.

Le *Bassac* était sorti dans la matinée du canal de Suez, arrivant de Chine. Il venait de prendre, à Port-Saïd, les trois cents tonnes de charbon qu'il devait brûler jusqu'à Marseille et il s'apprêtait à franchir l'étape de la Méditerranée, la dernière, coupée seulement par une courte escale à Naples.

Ainsi que l'avait dit le commandant, deux canots se dirigeaient en ce moment vers l'échelle de tribord de l'immense steamer.

Le premier, une baleinière blanche, effilée comme un hareng, aux cuivres brillants comme l'or, ne faisait que déborder de l'aviso l'*Hirondelle*, arrivé quelques heures plus tôt d'Alexandrie. A l'arrière de l'embarcation, sur le tapis de drap bleu dont les coins, brodés d'ancres rouges, traînaient dans l'eau, un passager était assis à côté du lieutenant de vaisseau qui tenait les tire-veilles du gouvernail. Huit matelots en chapeaux de paille recouverts de toile blanche, huit gaillards qui « souquaient dur » et cadençaient leurs coups d'aviron avec la précision d'un balancier de machine, faisaient voler la baleinière.

— Rentrez! cria bientôt de sa voix brève le quartier-maître qui remplissait l'office de patron.

Et les huit avirons se replièrent comme les pattes d'un immense coléoptère qui fait le mort, tandis que les gaffes, crochant tout ce qu'elles pouvaient saisir de leur mâchoire d'acier, tenaient l'embarcation accostée à l'échelle de débarquement.

Le commandant du *Bassac* était sur le dernier échelon, la casquette à la main :

— Monsieur le Ministre plénipotentiaire, dit-il au passager, en lui offrant la main pour l'aider à débarquer, je vous présente mes devoirs. Vous êtes exact comme la marée, et nous allons partir; nous n'attendions plus que vous,

— Je craignais d'être en retard, cher ami, dit le lieutenant de vaisseau en serrant la main de son collègue, et je suis venu d'Alexandrie en neuf heures. Vous voyez que l'*Hirondelle* pourrait se défendre contre les bateaux des Messageries.

— Peuh ! je voudrais bien voir vos comptes de charbon ; il ne vous coûte pas cher, à vous autres, marins de l'État. Mais pardon, monsieur le Ministre, si vous voulez bien me suivre, je vais vous installer dans la grande cabine de pont que je vous ai fait réserver. Bien que le *Bassac* ne soit pas un ancien yacht impérial, j'espère qu'il ne vous fera pas trop regretter l'*Hirondelle*.

Pressé de retourner à son bord, car il devait partir le soir même et sa machine était restée sous pression, le lieutenant de vaisseau prit congé de son camarade et du diplomate, puis il regagna sa baleinière qui, cinq minutes après, se balançait aux portemanteaux du navire de guerre.

Pendant ce temps-là, un canot de louage aux formes massives, presque aussi large que long, tout bariolé de rouge et de bleu, avait quitté l'appontement en bois du quai de Port-Saïd. Deux rameurs indigènes, deux gamins, presque, portant sur leur grosse face bistrée l'insolence du voyou parisien jointe à l'indolence vicieuse de l'Oriental, le manœuvraient sans se presser. Tout débraillés dans leur défroque cosmopolite, ils grasseyaient dans leur jargon rauque Dieu sait quelles plaisanteries qui leur faisaient montrer leurs dents blanches.

A l'arrière, sur un simulacre de coussin d'indienne dévastée par le soleil, était assise une voyageuse dont les nombreuses caisses encombraient le canot. Elle n'était accompagnée que d'une femme de chambre et, d'un œil indifférent, considérait, à mesure qu'on approchait du *Bassac*, les passagers penchés curieusement, déjà tout occupés de cet événement si intéressant à bord : l'embarquement d'une nouvelle passagère.

A l'échelle, le maître d'hôtel cravaté de blanc attendait. Mais, sans le secours d'aucune main étrangère, l'inconnue, avec une souplesse incroyable, gravit sans hésiter les marches d'acajou ciré. Puis, quand elle fut arrivée à la coupée, elle se retourna et, d'une voix très calme, mais évidemment habituée à commander :

— Je voudrais, dit-elle, parler au capitaine du bateau.

En attendant, elle s'assit dans la « batterie », aussi tranquillement que si elle eût été chez elle. Pendant ce temps-là, les caisses qu'on avait jugées dignes, à leur volume et à leur poids, des honneurs du treuil à vapeur, s'élevaient au bout de la vergue le long des parois de fer du navire.

— Monsieur, dit, sans se lever, la nouvelle venue quand le commandant fut devant elle, voici ma carte. Je voyage souvent sur les bateaux de votre Compagnie, et j'y ai un peu mes habitudes. Seriez-vous assez bon pour me faire donner la grande cabine, si elle est libre ?

— Hélas ! madame, dit l'officier en s'inclinant, elle ne l'est plus depuis dix minutes. Je viens de la donner à un diplomate en mission qui m'a été amené par un navire de guerre. Vous le connaissez peut-être? Il se nomme le comte de Kerisel.

— Non; je ne le connais pas. Alors, je vais être dans une de vos affreuses petites cabines du salon?

— Vous y serez seule, madame, car, en cette saison, les passagers sont peu nombreux. Et je vais veiller à ce qu'on vous donne la meilleure de toutes.

— Ou la moins mauvaise! Enfin, ce n'est qu'une affaire de six jours.

— Malheureusement, madame, répondit le galant capitaine. Veuillez prendre mon bras pour que j'aie l'honneur de vous conduire chez vous.

Maintenant tout était terminé; le *Bassac* allait partir. A bord, on ne pouvait plus s'entendre. Le *clac-clac* étourdissant des treuils à vapeur hissant les ancres faisait trembler la coque du bateau à l'avant et à l'arrière. Puis les coups de sifflet des quartiers-maîtres, modulés comme le chant d'un merle, perçaient à travers ce vacarme, et l'on entendait le bruit sourd des pieds nus des matelots courant sur le pont pour rentrer les amarres.

Enfin, un dernier coup de sifflet retentit. Tout se tut, excepté la vapeur des soupapes qui ronflait dans sa cheminée de cuivre rouge. Maintenant le navire, dégagé, silencieux, se balançait sur ses hanches, comme un coureur qui attend le signal.

Sur la passerelle de service, l'officier de quart, très grave, s'assurait du regard que tout était en ordre. Alors, approchant ses lèvres de l'embouchure luisante du porte-voix de la machine, il cria d'une voix un peu traînante, en scandant sa phrase comme l'hémistiche d'un vers, la formule sacramentelle :

— Êtes-vous paré — à manœuvrer ?

Sur le même ton, mais défiguré par l'éloignement, et semblable au mugissement de quelque monstre habitant le fond d'un abîme, la réponse du chef mécanicien arrivait.

— Je suis paré — à manœuvrer.

— En avant — doucement.

Aussitôt, comme le tranchant d'autant de glaives gigantesques, les ailes de bronze de l'hélice fouillèrent l'eau salée. Le *Bassac* frémit dans toute sa longueur, puis il s'ébranla doucement, laissant à gauche le quai de Port-Saïd avec ses constructions européennes, ses cafés, ses hôtels, ses badauds de toutes les couleurs et de toutes les langues. A droite, des sables à demi inondés brillaient au soleil couchant, et l'on apercevait tout au loin une énorme bande de flamants roses ressemblant, tant ils étaient pressés l'un contre l'autre, à quelque grand troupeau parqué pour la nuit.

Derrière, un étroit ruban bleuâtre, taché de noir par quelques navires, s'infléchissait à gauche et se confondait avec l'azur gris du ciel. C'était le Canal, ce petit tronçon oublié par Dieu,

1.

tracé par l'homme, du chemin de ceinture du monde.

Déjà le paquebot, augmentant sa vitesse, avait dépassé la haute tour blanche du phare. Durant quelques minutes, il longea le brise-lames de l'entrée de Port-Saïd; puis, tout obstacle disparu, l'officier commanda :

— En route !

Et le vaillant navire, filant à toute vapeur, obliqua légèrement pour se diriger vers la France, à peine agité par les vagues bleues de la Méditerranée endormie.

Le comte de Kerisel, aidé de son valet de chambre, s'était installé dans la cabine d'honneur, grande comme la chambre à coucher d'un appartement de garçon et soigneusement aménagée. Son service terminé, l'homme se retira et le voyageur alla fermer sa porte. Puis il s'approcha de son bureau, y posa un cadre contenant une photographie de femme, et s'asseyant, un coude sur la table, il considéra longuement la gracieuse image qu'il avait devant lui.

Alors il tira de son pupitre de voyage du papier et des plumes, et, d'une large écriture bien formée qui rappelait les caractères amplement tracés du dernier siècle, il écrivit la lettre suivante :

« Enfin, chère bien-aimée, nous n'avons plus
» qu'une escale, celle de Naples. J'en profite
» pour vous écrire cette lettre que le chemin de
» fer vous portera douze heures avant mon arri-
» vée. Ce sera, j'espère, la dernière de longtemps.
» Je voudrais que ce fût la dernière de *toujours*.

» Les voilà donc finis, ces deux ans que vous
» m'avez imposés afin d'être sûre, disiez-vous,
» que je ne trouverais pas ma liberté trop douce
» pour la perdre encore une fois. Chère Made-
» leine ! que Dieu me garde d'une seule pa-
» role dure pour celle qui n'est plus et qui n'a
» pas su me rendre heureux ! Mais, donner ma

» liberté *à vous*, ce n'est pas la perdre. C'est en
» jouir deux fois.

» O chère, hâtons-nous d'être heureux. Vous
» me parlez trop souvent de ce que vous appe-
» lez *vos années* pour que je ne songe pas aux
» miennes. Quel chiffre imposant ! le même que
» celui des Pyramides ; de leurs siècles, bien
» entendu. Et comme ces années m'ont paru
» longues ; surtout les deux dernières !

» Qu'il me tarde d'être près de vous ! Je re-
» viens avec une tristesse étrange, que je m'ex-
» plique par les difficultés qui, maintenant,
» environnent de toute part la mission d'un di-
» plomate français. Ce que j'ai fait au Tonkin
» ne m'enchante pas ; ce que je viens de voir en
» Égypte pendant trois semaines me désole.
» Pour parler franchement, je suis dégoûté de
» ma carrière. Si vous n'étiez pas là, je me de-
» mande si je ne le serais pas de l'existence.
» Mais, comme tout cela sera changé dans six
» jours !

» Comment va votre excellent grand-père ?
» Quelles nouvelles de votre frère ? Lors de notre
» rencontre si inattendue à Ceylan, je l'ai trouvé
» mortellement triste, lui qui sait prendre, or-
» dinairement, la vie du bon côté. Vous savez
» qu'il ne me livre pas ses confidences ; je n'ai
» rien fait pour les provoquer et me suis borné
» à lui recommander d'être à Cannes avant la
» fin de décembre.

» Ainsi donc, dans deux mois vous serez ma
» femme ! Mon Dieu ! que de bonheur il faudra
» que je vous donne pour les consolations et les
» joies dont je vous suis déjà redevable, pour
» tout ce que vous m'avez sacrifié alors que je
» ne pouvais rien vous rendre, rien vous pro-
» mettre, pas même vous dire : je vous aime ! A
» vous payer ma dette le reste de ma vie se
» passera, et, si mon dernier jour n'arrive pas
» trop vite, je me sens le cœur assez riche pour
» ne pas mourir insolvable.

» Au revoir, ma bien-aimée, pour ne plus

» nous quitter ensuite. Dans six jours, si tout
» va bien, nous devons être à Marseille, et le
» premier train qui partira pour Cannes me
» portera à vos pieds.

» J'y suis en ce moment. J'ai devant moi
» votre cher visage ; je regarde vos yeux. Ils
» semblent me dire ce que votre bouche me ré-
» pétera souvent, j'espère, pour réparer le
» temps perdu.

» J'embrasse vos jolies mains si blanches et
» si douces. Je vous aime, mon amie, ma
» fiancée, ma femme.

» ALAIN »

Le comte relut cette lettre et la plia ; puis il
écrivit sur l'enveloppe l'adresse suivante :

Mademoiselle de Champdhivers,
villa des Mouettes,
à Cannes.

Après quoi il sonna son valet de chambre et fit porter à la poste du bord la missive qu'il venait d'achever.

A l'avant, la cloche du timonier avait piqué deux fois deux coups secs. Cela signifiait qu'il était la deuxième heure du cinquième quart, autrement dit six heures. Une sonnette retentit, dominant le bruit de la vaisselle remuée et des bouteilles débouchées qui, depuis quelque temps, s'élevait des profondeurs du navire. On allait dîner.

M. de Kerisel, fatigué, reculait devant les frais de conversation auxquels l'obligerait sa place d'honneur à table. Il se fit servir dans sa cabine et c'est ce que fit également, à la grande déception des passagers, la voyageuse nouvellement embarquée.

II

Autant que la rude consonance de son nom, le visage et toute la personne d'Alain de Kerisel témoignaient de son origine bretonne.

D'une taille moyenne, avec de larges épaules un peu carrées, conservant, aux approches de la quarantaine, une tournure élégante que nul embonpoint ne vieillissait, tout en lui respirait une force tranquille, mais puissante. Son visage mat, aux traits accentués, ses cheveux presque noirs, plantés très bas, le faisaient prendre, au premier abord, pour un Méridional; mais, dans ses yeux brun clair, on trouvait, au lieu de la

flamme un peu dure du Midi, cette sérénité mélancolique et rêveuse qui plane, comme une
brume impalpable, sur la lande bretonne semée
de granit et d'ajoncs.

Car, de même que, au pied de l'animal, on re-
connaît sur quel sol la nature l'a destiné à
vivre, de même, dans le regard humain, l'on
trouve comme un morceau du ciel que les yeux
rencontrèrent en s'ouvrant pour la première
fois.

Alain était né au fond de la Cornouaille, dans
un vieux château tout gris, des ardoises de son
toit aux pentes raides, jusqu'aux pierres de taille
bleuâtres de ses murailles, si dures qu'elles semblaient, malgré leurs trois siècles, sortir à peine
des mains de l'ouvrier.

Là, son enfance s'était écoulée entre son père
et sa mère, nobles, froids, austères comme la
vieille demeure, et un précepteur, savant dis-
tingué, prêtre remarquable, qui serait mort
professeur au Collège de France ou évêque, s'il

avait pu se résoudre à quitter ses dolmens et son église au triple campanile tout peuplé de statues.

Son père, un ancien garde du corps de Charles X, officier du plus grand avenir, avait brisé son épée en 1830. Il était venu s'enterrer vif à Kerisel, frappé au cœur par la perte de sa carrière et l'exil de la monarchie que lui et les siens avaient soutenue de leur sang. Il avait fait, déjà mûr, un riche mariage, et vieillissait tranquille, sans vouloir sortir de son désert.

La vie, dans cet abri écarté, était ce qu'elle peut être à cent trente lieues de Paris, sans chemin de fer, presque sans routes et surtout sans le désir d'en avoir. Madame de Kerisel n'était jamais allée plus loin que Rennes, où elle avait passé huit jours lors de son voyage de noces. Pas d'autres visites que celles de voisins de campagne, moins Parisiens encore, et, une fois par an, celle de l'évêque en tournée pastorale. Au moment de l'appel des conscrits, le général et le préfet couchaient à l'auberge, et pour cause.

Et c'est ainsi qu'à dix-huit ans, Alain, plus solidement instruit qu'on ne l'est d'ordinaire à cet âge, parlait le bas-breton plus souvent que le français, préférait le cidre au vin de Bourgogne et connaissait l'amour... pour en avoir ouï parler dans les tragédies de Racine et de Corneille.

Il avait vingt ans et l'Empire était à son apogée lorsqu'il perdit son père et sa mère, emportés à peu de distance, ainsi qu'il arrive souvent dans ces ménages où l'habitude rend chaque époux nécessaire à la vie de l'autre. Il était absolument seul au monde, riche en argent, mais plus pauvre en expérience qu'une fille de seize ans qui sort du Sacré-Cœur.

Un oncle, le baron de Plélo, qui s'était « rallié » et qui devenait son tuteur, lui conseilla de venir à Paris. Le jeune homme, habitué à

ne pas monter à cheval sans la permission de
son père, obéit sans peine et sans plaisir, et
partit pour la capitale comme il serait parti
pour les grandes Indes. Il savait d'ailleurs,
d'après ses cartes, que Paris était moins loin.
Peu de jours après, il se réveillait dans un petit
appartement de la rue de Varennes, avec deux
poneys dans son écurie, un phaéton sous sa
remise, un costume noir du meilleur faiseur
sur son fauteuil et, au fond du cœur, un regret immense de sa chère Bretagne.

Pour occuper son temps, il fit son droit, eut
la manie bizarre de travailler, et la naïveté —
excusable chez un garçon si peu au courant des
choses, — d'obtenir une médaille d'or au concours. Le comte de Kerisel, avec ses soixante
mille livres de rente, allant toucher les quinze
billets de cent francs de son prix au secrétariat
de la Faculté, c'était à crever de rire !... On en
rit beaucoup dans le salon de sa tante où il
n'allait guère, malgré son deuil fini, parce

qu'il trouvait, précisément, qu'on y riait trop.

Ce n'était pas, cependant, qu'il n'y fît des rencontres fort agréables. Toutes les jeunes filles en âge d'être pourvues, toutes les veuves remariables, ou simplement consolables, semblaient se donner rendez-vous chez la baronne de Plélo, femme aimable, jolie encore, mais de réputation intacte, de bonne maison par son mari et par elle-même, à qui le Faubourg ne pouvait reprocher qu'une chose : d'être dame d'honneur de l'impératrice. La société avait oublié le chemin de ce salon schismatique ; les mères de famille le reprirent quand elles surent y trouver un neveu comme celui-là. Il se livra, autour de la personne d'Alain, des combats homériques. Il fut tiraillé, bousculé, écartelé ; on se battit sur son corps comme les faux envahisseurs de Barataria sur l'abdomen de Sancho. Les douairières de la rue Saint-Guillaume, les Pères de la rue de Sèvres, les agents de change de la rue Richelieu, le Château lui-même, tout conspira contre son repos. Les bals auxquels il assistait étaient curieux. Plus surveillé que l'odalisque favorite au harem, il n'aurait pu serrer le bout des doigts de sa danseuse pour le bon motif — ou pour l'autre — sans que Paris ne le sût le lendemain.

Mais, ni pour un motif ni pour l'autre, il ne serrait les doigts de personne.

Cette cohue l'ennuyait, l'étouffait, l'essoufflait. Il se dit, un beau jour, qu'il était bien plus commode de rester chez lui avec ses livres et son piano, ou d'en sortir avec ses poneys; et c'est ce qu'il fit.

— Eh! bien, on ne vous voit plus nulle part, mon neveu? lui dit la baronne. Grattez le Breton, et vous retrouverez le Celte sauvage.

— Gratter, ma tante? Si on ne faisait que cela! Mais on m'écorche, on me découpe, on me désarticule. Je suis donc tout seul à marier à Paris? S'il y avait des calorifères à Kerisel, j'y

retournerais ce soir. Enfin, patience! nous ne
serons pas toujours en hiver.

De l'autre côté de la corde, sur le terrain de
la galanterie, la meute n'était pas moins chaude
à la curée. Mais, en face de ces femmes qui lui
jetaient leurs corps à la tête, ce poète, cet artiste, ce gentilhomme de vingt-quatre ans, plein
des respects d'un autre siècle, se sentait étrangement dépaysé. Il devinait qu'elles riaient de
lui, et cependant il ne pouvait s'habituer à leur
parler le chapeau sur la tête et le cigare aux
lèvres. Il pouvait encore moins prendre son
parti de leur voix, de leurs gestes, de leur conversation, de cet amour livré tout fait, à la minute, et non pas mendié à genoux, durant de
longs jours, en baisant l'ourlet d'une jupe, tel,
enfin, que le comprenait son âme rêveuse.

A notre époque où tout a progressé, il aurait
trouvé une gaillarde intelligente qui lui aurait servi, cuit à point, le plat de son goût.
Mais, il y a quinze ans, ce monde-là savait

moins bien qu'aujourd'hui imiter le vrai monde.

Ce qu'il y a de certain, c'est que le jeune Kerisel passait au-dessus des amours faux et à côté
des vrais et, en somme, ne s'amusait guère à
Paris.

Était-ce par timidité, par poésie, par horreur de ce qui fait du bruit et de ce qui est mal-
propre, par entêtement breton, ou tout simplement par vertu ? Je laisse à plus fins que moi le
soin de le dire, me contentant, pour mon
compte, d'une explication plus commode : son
heure n'était pas venue

Un événement survint, d'ailleurs, qui fit
cesser le combat, je ne dirai pas faute de com-
battants, puisqu'il s'agissait d'un mariage.

On apprit un beau jour qu'Alain de Kerisel,
alors âgé de vingt-cinq ans, épousait mademoiselle de Montbarrey, une héritière, ayant le
physique et les qualités de l'emploi.

C'était le baron de Plélo qui avait fait le coup,
sans en rien dire à personne, pas même à sa

2

femme, et, ce qu'il y avait de plus fort, c'est
qu'une main auguste déposait dans la corbeille
un secrétariat d'ambassade.

Le comte de Kerisel marié et presque *rallié* !
C'était à peine croyable. Un Breton seul, doublé
d'un ex-tuteur, pouvait avoir eu cette influence
sur ce Breton pur sang. Le mariage se fit très
vite ; le soir même, en guise de voyage de noces,
les jeunes époux partaient pour Berlin, où le
comte était nommé.

Avant d'avoir passé le Rhin, Alain se deman-
dait si son oncle de Plélo n'avait pas été un peu
vite. Quoi ! cette femme sans beauté, sans jeunesse d'esprit et de cœur, froide comme une
vieille fille protestante, positive comme un
tradesman de Londres, cette femme était la
sienne, et pour toujours !

Ce fut un fâcheux réveil dont un autre se
serait consolé par de jolis rêves blonds comme
il est aisé d'en faire à Berlin. Mais le trait fon-
damental du caractère d'Alain était de ne rien

faire à moitié. Amoureux, il eût donné sa vie
pour un regard de l'élue de son cœur. Homme de
plaisir, il eût dévoré son patrimoine en deux ans.
Mari et diplomate, il se mit à sa double besogne
avec un courage égal, mais avec des succès diffé-
rents, car s'il arriva bientôt, par son instruction
et son intelligence peu communes, à se faire remarquer dans sa nouvelle carrière, il ne sut jamais se faire aimer ni comprendre par sa femme.
Malheureusement, — le sort n'en fait jamais
d'autres, — la guerre de 1870 lui enleva sa carrière et lui laissa sa femme.

Il installa celle-ci à Kerisel et partit se battre,
aux zouaves de Charette. Cherchait-il à se faire
tuer, comme le prétendent ceux qui l'y ont vu
— et qui sont restés pour le dire? — la chose est
possible. Ce qui est certain, c'est qu'il sortit de
là fort vivant et avec une réputation de bra-
voure signalée.

La paix était faite : il déposa son uniforme,
reprit sa femme et repartit pour l'ambassade de

Russie. Là, nouveau mécompte. Les hivers trop
rudes attaquèrent la santé de la comtesse. Il
fallut demander un congé et revenir à Cannes.
Le congé dura deux ans et se termina avec
l'existence de la malade ; deux ans d'enfer, car
le caractère de la malheureuse poitrinaire était
devenu intolérable, mais deux ans de soins
aussi admirables que méritoires.

Une jeune fille, à peine remise elle-même
d'un mal semblable, habitait avec son grand-
père la villa voisine de celle des Kerisel. Le
vieux baron de Champdhivers avait eu sous ses
ordres, aux gardes du corps, le père d'Alain, et
le frère de Madeleine était, lui aussi, dans la
diplomatie. Il n'en fallait pas tant pour amener
une liaison rapide.

Bientôt mademoiselle de Champdhivers prit
l'habitude de passer deux heures, chaque jour,
au chevet de la comtesse. Comment cette enfant, qui n'avait jamais aimé personne, s'éprit-
elle d'un homme, en lui voyant jouer ce rôle

peu romanesque de garde-malade ? Que ceux-là
cherchent à le comprendre, qui se piquent
d'expliquer les mystères de l'amour. Il est vrai
que ce garde-malade avait encore autour de ses
cheveux bruns l'auréole du héros, et qu'il avait
laissé, sur les chaumes neigeux de Loigny,
assez d'Allemands auxquels il avait administré
autre chose que des tisanes. Et puis, c'était un
des plus charmants causeurs qui se pussent
voir, et sa nature poétique était faite pour charmer l'âme rêveuse et mélancolique de Madeleine.

Elle l'aima follement et il fut de longs mois
sans s'en apercevoir. Mais, par un beau soir de
printemps, alors qu'il la reconduisait à la grille
de la villa aux Mouettes, en suivant lentement
l'allée bordée d'orangers parfumés, il lui demanda paternellement, la voyant si jolie et si
près de ses vingt-quatre ans :

— Enfin, Madeleine, pourquoi ne vous mariez-
vous pas ?

Éternel moyen de comédie qui réussit souvent,

2.

même quand ce n'est pas un *moyen* et qu'il ne
s'agit pas d'une comédie !

Pour toute réponse, elle leva lentement sur
lui ses grands yeux bleus, et les reporta triste-
ment sur les fenêtres de la chambre où mourait
la femme de celui auquel son cœur appartenait.

Dans ce regard, il venait de retrouver toute
sa jeunesse, le calme infini de son ciel de Cornouaille, l'ardente poésie de ses rêveries de
jeune homme sous les grands châtaigniers de
Kerisel. Il oubliait ses longues années de lutte
avec le réel ; il redevenait ce jeune chercheur
d'idéal que Paris n'avait pas su prendre, et qui,
jusque-là, avait traversé l'existence comme on
traverse un pays dont on ne parle pas la langue.

Ils ne dirent rien de plus, ce jour-là, et, en se
quittant, leurs mains n'échangèrent pas le vi-
goureux *shake-hands* qui les unissait chaque soir.

Le lendemain et les jours suivants, Madeleine était revenue, aussi confiante, mais plus

réservée. Maintenant elle s'occupait davantage de la malade et moins d'Alain. Celui-ci, à trente-six ans, se sentait rougir quand le bruit d'une grille fermée de l'autre côté de la route annonçait l'approche de Madeleine. Ils s'aimaient, ils le savaient; ils éprouvaient cette amère volupté des amours impossibles, mûrés au fond du cœur. Pour rien au monde, auprès de ce lit, ou sous les orangers, ces deux êtres loyaux n'eussent échangé un regard que la mourante n'eût pas pu voir.

Madame de Kerisel s'éteignit à la chute des feuilles de 1879. Alain et Madeleine partagèrent la veillée funèbre auprès du corps de celle dont la vie les séparait et qu'ils auraient sauvée par leurs soins si elle eût pu l'être sans un miracle. Puis, le lendemain, le comte partait pour Kerisel avec le cercueil de sa femme.

Au bout de quelques semaines, passées dans la solitude de ses landes, il reprenait sa carrière et partait pour l'étranger.

Une année s'écoula, année d'exil, de solitude, de silence, et l'on revit Alain à Cannes, où Madeleine l'attendait, bien qu'il n'eût rien dit. Elle l'attendait si bien, qu'elle venait de refuser, à la stupéfaction générale, le fils d'un duc, Italien de nom, mais bon Français de naissance, dont la villa splendide étalait son parc et dressait ses tours sur une des collines qui abritent cette oasis charmante.

Alain lui-même fut surpris, presque un peu déconcerté, par le calme avec lequel la jeune fille accueillit sa demande. Et pourtant, elle le chérissait passionnément, mais c'était, pour elle, quelque chose de si simple, de si naturel, que cette promesse échangée, puisqu'ils s'aimaient !

— Je suis déjà à vous par le cœur, répondit-elle, et je vous attendais. Aussi j'ai beaucoup songé à l'avenir, au vôtre plus qu'au mien, cher, et je vous demande aujourd'hui de vous éloigner un an encore. Votre liberté est à peine recouvrée ; il ne faut pas que vous la reperdiez

trop vite, sans être bien certain que vous m'aimez mieux qu'elle. Que deviendrions-nous si
vous la regrettiez un jour? Dans un an, vous
me trouverez prête à vous donner la mienne, si
vous voulez toujours faire l'échange.

Alors, il s'était remis en route, cette fois pour
un long voyage. Il était parti pour l'Annam
comme ministre plénipotentiaire, envoyé pour
négocier l'annexion — toujours retardée — du
Tonkin à la France, et c'est de cette mission loin-
taine qu'il revenait, croyant avoir réussi, ne se
doutant pas que nos insuccès diplomatiques en
Égypte allaient, quelques mois plus tard, habi-
lement exploités par l'Angleterre, faire tomber
des mains de l'empereur Tu-Duc la plume prête
à signer.

Et voilà comment le comte de Kerisel se trouvait sur le *Bassac*, en route pour Marseille et
Cannes... à moins que l'Imprévu n'en eût dis-
posé autrement.

III

Depuis quelques instants les éclats du phare
électrique de Port-Saïd avaient disparu sous
l'horizon.

Presque à l'arrière du *Bassac*, par tribord, la
lune se levait dans son plein, éclairant d'une
gerbe éblouissante de lumière horizontale qui
semblait flotter sur l'eau les moindres agrès du
navire. Sous l'étrave puissante, avec un bruissement très doux de soie écartée, un sillon lai-
teux, diamanté d'étoiles de phosphore, s'ouvrait dans le cristal d'un bleu sombre, tandis

qu'à l'arrière le remous de l'hélice soulevait un
. chiffonnement de gaze blanche étendue au loin,
comme la traîne d'une robe de bal.

Le dîner venait de finir; la soirée, si longue à
bord, commençait. Les passagers soucieux de
leur hygiène reprenaient, groupés deux par deux,
l'éternelle promenade des quatre-vingts pas du
pont, cette promenade d'ours en cage que l'on
regrette, parfois, en arpentant l'asphalte du bou-
levard. Combien d'amours, comme celui de la
mer, se font surtout sentir quand la maîtresse a
disparu !

A la poupe, étendus sur les chaises longues de
bambou tressé, les amateurs de digestions tranquilles causaient dans toutes les langues, le
cigare ou la pipe aux lèvres. Le sujet? Toujours
le même : la femme. La femme noire, la femme
bronzée, la femme jaune et même la femme
blanche. Des histoires se croisaient, dont les
héroïnes défilaient, vêtues du pagne de coton-
nade de l'Indienne, de la robe de soie brodée de

la Japonaise ou de la veste soutachée d'or de
la fleur du harem musulman.

Dans un coin, les hommes sérieux *causaient*
les articles qui devaient voir le jour trois mois
plus tard dans la *Revue des Deux Mondes* : les
mines de charbon du Tonkin, le percement de
l'isthme de Kraw, la maladie du café à Ceylan,
les chemins de fer en Chine.

Deux ou trois Français, faute de mieux, parlaient politique, tandis qu'une petite bande de
jeunes Anglais, groupés autour du piano, en
bas dans le salon, chantaient ou sifflaient le *Rule
Britannia*.

Au moment où Kerisel, son repas solitaire
terminé, sortait de sa cabine, le commandant
passait, faisant sa ronde. Ensemble ils remontèrent lentement vers le grand mât où la solitude commençait à se faire. Alain, distrait, laissait parler son compagnon, songeant à tout
autre chose, les yeux fixés sur l'azur glacé
d'argent où il cherchait en vain la ligne qui

marque la séparation de ces deux choses infinies : la mer et le ciel.

— Oui, monsieur le Ministre, disait le Marseillais, j'ai pour vingt millions de soie à bord. Il a fallu en mettre jusque dans les cabines de seconde. On n'a jamais vu un voyage pareil.

Soudain ils s'arrêtèrent.

Une femme se tenait debout, appuyée au bastingage, enveloppée, de la tête aux pieds, dans une longue mante de satin noir sur laquelle retombait, abandonnée, la main gauche qui mettait une tache lumineuse sur l'étoffe sombre.

La droite, accoudée à la lisse, soutenait la tête, cachée tout entière par une ample dentelle blanche. Cette main, d'une finesse miraculeuse, était éclairée comme à plaisir par la lumière blanche de la lune. On eût dit la main de marbre de quelque statue contemplée sous le réflecteur d'une galerie, si les ongles rosés, étincelants comme des onyx, n'eussent montré que le chef-d'œuvre était vivant, que la statue était une femme élégante et jeune.

Ramenée par en bas, à la façon du voile d'une Mauresque, la dentelle cachait le visage, ne laissant voir que les yeux noirs de l'inconnue. Grands, calmes, superbes, ils se posaient, profonds comme ceux d'un sphynx, sur Alain de Kerisel. Deux longs sourcils bruns, se rejoignant presque, idéalement recourbés aux tempes ainsi que l'acier d'un cimeterre, les rendaient fiers, cruels, et faisaient songer à quelque déesse hautaine, dédaigneuse de l'amour et de l'admiration des mortels.

Kerisel se heurta contre ce regard, de même que le voyageur hors de ses gardes choque sa poitrine à l'épée nue d'une embuscade nocturne. Il s'arrêta court, puis, frappé d'une sensation indéfinissable, il se découvrit et resta tête nue, laissant ces yeux, comme il n'en connaissait pas encore, entrer lentement dans les siens.

L'inconnue n'avait point fait un mouvement.

Fier du personnage qu'il avait à bord, le commandant se hâta de lui présenter Alain avec
tous ses titres et qualités. Mais elle n'en parut
point intéressée, et, après une inclination de
tête légère, elle s'adressa à l'officier :

— Ah ! monsieur le commandant, si vous
saviez comme je suis mal dans ma cabine !

— Hélas ! madame, j'ai pourtant fait de mon
mieux. Vous êtes loin de la machine ; vous
n'avez pas de voisins ; votre femme de chambre
est à côté de vous. Enfin, je ne crois pas qu'il
soit en mon pouvoir de vous installer plus
commodément.

— De la part de l'officier de quart, mon commandant, vint dire un matelot en remettant un
billet au capitaine qui lut le papier et, s'excu-
sant, se dirigea vers la passerelle.

Kerisel se trouvait seul avec l'étrangère qui ne
semblait point désireuse de nouer l'entretien.
On voyait d'ailleurs que cette indifférence n'avait
rien de joué, mais elle ne laissait pas de piquer

le comte. Il voulut forcer la belle dédaigneuse à s'occuper de lui.

— Y a-t-il longtemps, madame, demanda-t-il, que vous êtes condamnée au régime cellulaire du *Bassac*?

— Depuis quelques heures seulement. Je me suis embarquée à Port-Saïd, et j'ai eu la mauvaise chance de manquer la seule cabine que je trouve habitable à bord de ces bateaux. Un monsieur, justement, s'y installait.

— Un *monsieur*? dit Alain en souriant un peu. Je croyais que ce séjour luxueux n'était pas fait pour les passagers ordinaires.

— C'est pour cela, précisément, que je l'occupe toujours dans mes traversées fréquentes.

Il fallait entendre de quel ton furent prononcées ces paroles qui, dans une autre bouche, auraient paru affectées. Quelle était cette femme? Pour une raison ou pour une autre, à coup sûr, elle était habituée à passer partout la première.

— Madame, dit Kerisel avec sa galanterie de gentilhomme, le monsieur qui a pris *votre* cabine, c'est moi. Veuillez m'excuser, vu mon ignorance, et donner vos ordres. Dans dix minutes vous pourrez vous installer chez vous.

Lorsqu'il revint, moins d'un quart d'heure après, annoncer que tout était prêt, l'inconnue avait disparu. Trop discret pour se mettre à sa recherche, Alain quitta le pont à son tour et, peu d'instants après, il s'étendait, comme un homme qui rêve tout éveillé, sur l'étroite couchette devenue la sienne.

IV

Bercé par les molles ondulations du navire et par le chant de l'eau qui frôlait, à son oreille, la mince cloison de tôle, le comte de Kerisel ne tarda pas à s'endormir. Il sentait peser sur lui je ne sais quel engourdissement ; il éprouvait cette fatigue qu'il vous est arrivé de subir lorsque, dans un rêve pénible, vous avez cru parcourir d'un pas rapide une longue distance.

Plus longue encore qu'il ne croyait était la route qu'il venait de franchir sur le rayon brillant sorti de deux yeux noirs.

O femmes qui aimez ! ne laissez pas celui qui

vous est cher s'éloigner longtemps de la fleur
qui orne vos cheveux, du ruban qui noue votre
ceinture. Gardez-le près de vous, quand même
il serait, par excellence, le noble, le fort, le
fidèle. Tremblez en songeant à l'imprévu, à cette
menace suspendue perpétuellement sur l'amour
comme sur la vie. Une distraction d'une seconde,
et le bien-aimé qui vous quitte, plein de force
et de tendresse, vous sera rapporté sanglant,
broyé par une roue. Ou bien il vous reviendra,
le même en apparence, mais blessé par le regard
d'une autre et à tout jamais changé pour vous.

O femmes ! croyez en celui à qui vous vous
êtes données comme vous croyez à la lumière
du jour. Mais la fidélité n'est que l'offrande
d'une volonté humaine, et cette volonté, parfois,
a ses anéantissements, comme le soleil a ses
éclipses.

Longtemps avant le jour, les matelots, en lavant le pont, réveillèrent le fiancé de Madeleine. Pauvre Madeleine ! ce ne fut pas à elle

que courut d'abord, ce jour-là, sa pensée encore
engourdie. Elle allait ailleurs ; elle cherchait
quelque chose ; elle voulait ressaisir un souvenir, mais lequel ? Ce réveil ne ressemblait pas
au réveil d'hier. Qu'y avait-il donc de nouveau
dans l'existence de cet homme ?

Ah ! il le savait maintenant. Il y avait ces
deux yeux qui l'avaient étonné, la veille, à peine
visibles sous leur nuage de dentelle. Il les
revoyait et, chose étrange ! il ne revoyait
qu'eux. Il ne se souvenait plus de la personne.
Grande ou petite ? Il n'aurait pu le dire. Elle lui
avait parlé, mais il n'aurait pas reconnu le son
de sa voix. Seulement, devant lui, il avait ce
regard, ce regard qui était resté accroché en lui
comme, dans une toison, l'épine aiguë de la
ronce frôlée de trop près.

C'était comme une vague cuisson, point dou-
loureuse, mais légèrement enfiévrante. Combien
de temps cela durerait-il ? Un jour tout entier ?
Il cherchait à se souvenir des autres femmes

3.

qui l'avaient occupé quelques heures, à comparer ce qu'il éprouvait aujourd'hui... Mais il
ne trouvait rien ; jamais il n'avait senti quelque
chose de pareil.

Et il *lui* avait donné sa cabine de là-haut.
Comment cela s'était-il fait ? il ne savait plus.
Il voyait seulement son valet de chambre appelé
en toute hâte, les nécessaires, les malles, les
papiers enlevés en quelques minutes, pour ne
pas la faire attendre. Et elle n'avait pas même
dit qu'elle acceptait. Qui sait si elle avait
dormi là ?

Cette pensée l'occupait, et cependant, dans le
cadre de velours, le visage confiant de Madeleine
lui souriait. Il se leva ; il monta sur le pont.

La lune avait disparu derrière un rideau de
nuages ; un vent tiède soufflait, balançant, sous
la tente du gaillard d'arrière, l'énorme falot de
cuivre. Partout un désordre de chaises longues
et de fauteuils enchevêtrés, encore couverts de
journaux et de livres. Un passager, que l'air un

peu lourd du salon avait fait fuir, dormait là, avec de sourds ronflements, roulé dans sa couverture. Pas d'autre bruit, sinon le clapotement étouffé de l'hélice et, de temps en temps, le battement rude du gouvernail secoué par un coup de barre du timonier.

Au loin, on distinguait les jambes nues des matelots s'avançant en ligne, éclairés par le falot du quartier-maître. Les fauberts fonctionnaient en mesure sous le jet de la pompe d'arrosage dont un mousse, marchant à reculons, tenait la lance. Du gaillard d'avant venaient mille bruits d'animaux éveillés par l'apparition fatale du maître-coq ou du boucher. On distinguait même, parfois, le *han !* du mitron chinois pétrissant sa pâte avec ses longs bras maigres, le torse nu, la longue queue roulée en diadème autour de la tête, les côtes saillantes sur son long buste émacié par l'opium.

Enfin, des profondeurs de la machine, montait avec une émanation d'huile chaude, la res-

piration sifflante des pistons, semblable au
souffle oppressé de quelque monstre enchaîné
dans une fournaise. Parfois, même, une plainte
déchirante éclatait, dominant tout le reste.
C'était le bruit d'un tiroir oublié par la burette
du graisseur.

Alain de Kerisel avançait lentement dans la
demi-obscurité du pont désert. Voici la place où
elle l'avait regardé hier. Il marcha encore et sa
main toucha le mur d'acajou de la chambre
qu'il avait quittée pour elle. C'est là, précisément, là, derrière cette planche, qu'était le lit ;
mais y dormait-elle ? oui, sans doute, car, à travers les rideaux de soie verte des ouvertures, il
distinguait une étoile lumineuse qui se balançait doucement au plafond. Il écouta ; pas un
bruit. Il fit le tour de la cabine. Une claire-voie
était baissée, laissant pénétrer l'air et, comme
. il s'en approchait, le parfum indécis qui sort des
vêtements d'une femme élégante vint caresser
son visage.

Ainsi, elle était là !

Il s'était appuyé au hastingage ; il essayait de se plaisanter lui-même, se demandant ce qu'il faisait à cette place, lui, le diplomate sérieux, l'homme mûr, en route pour rejoindre sa fiancée.

Alors il pensa à Madeleine, et il évoqua tout ce qu'il aimait en sa future. Elle était si bonne, si dévouée, si tendre, et puis, enfin, elle était belle, vraiment belle, avec sa grande taille majestueuse, ses magnifiques cheveux blonds, et ses yeux... Ah! quant aux yeux, *les autres* l'emportaient, peut-être ; du moins ils avaient un regard qu'Alain ne connaissait pas à Madeleine... ni à personne.

Mais, enfin, les yeux ne sont pas tout dans la femme !

A présent, le jour paraissait. L'arrière, à son tour, était envahi par les matelots lavant toujours. Les boys chinois faisaient briller les cuivres ; un timonier graissait les poulies de rappel du gouvernail ; un autre hissait le pavillon

français, amené pour la nuit. Déjà quelques passagers se montraient, venant respirer l'air du
matin, semblables à des clowns, dans leurs *mau-
resques* d'indienne aux dessins extravagants.

Alain regagna sa cabine et y compta les heures, cherchant vainement à s'intéresser à un
livre, à un travail quelconque, attendant avec une
curiosité singulière, avec une sorte d'impatience
qu'il ne comprenait pas, la cloche du déjeuner.

Enfin, il verrait au grand jour cette femme
mystérieuse dont il s'était sans doute exagéré à
lui-même l'apparition fantastique. Et, d'ailleurs,
quelle mise en scène, quelle apothéose que cette
nuit d'Orient, cette mer pareille à un ruisselle-
ment d'étoiles! Et quelle déception, sans doute,
tout à l'heure, dans le cadre moins poétique
d'une salle à manger! Il en souriait d'avance.

A dix heures, les passagers prenaient place à
la table longue et étroite qui ressemblait à celle
d'un réfectoire, avec ses deux rangées de bancs
et ses deux files de couverts. Au plafond, les

pankahs rafraîchissaient l'air, manœuvrés en
mesure par une corde qu'un boy chinois, tout
vêtu de calicot blanc, tirait avec la résignation
indifférente de sa race.

Au bout de la table, qu'il regardait dans sa
longueur, le commandant Marius Cazaubon pré-
sidait, dans la douce majesté de ses favoris encore noirs. A sa droite, la seule passagère avant
Port-Saïd, une Italienne corpulente mais déla-
brée, femme d'un consul qui revenait du Japon
à Naples pour soigner son foie. A gauche, un
couvert vide, celui de l'autre voyageuse, et, précisément, la place de Kerisel était marquée à
côté de celle-là.

Cette absence le rendait de mauvaise humeur.
En lui-même, il trouvait ridicule qu'une femme,
à bord, déjeunât dans sa chambre à coucher,
comme une petite maîtresse qui ne saurait voir
le grand jour avant midi. Mais, précisément, la
signora Rapolano faisait, d'une façon aigre-
douce, la même observation au commandant. Et

voilà que, maintenant, Kerisel avait envie de
river son clou à cette grosse commère qui se mê-
lait de critiquer les autres. Le commandant, lui,
souriait d'une façon évasive, les yeux dans son
assiette, l'esprit ailleurs, n'écoutant même pas
ce moulin à paroles qu'il subissait depuis quarante jours et dont l'accent italien, comme une
concurrence déloyale, exaspérait son accent
marseillais.

Parmi le reste des convives, un seul sujet de
conversation, toujours le même depuis huit
jours : Serait-on mis en quarantaine avant de
débarquer en France ? Justement, un passager
hollandais, qui n'avait point paru à table à partir de la mer Rouge, donnait de grandes craintes.

— Voyons, sacrebleu ! docteur, disait un colonel d'infanterie de marine, qui, depuis Saïgon,
ne vivait que de sardines et de vin de Porto, tâ-
chez de l'amener jusqu'à Marseille.

— Eh ! je voudrais bien vous y voir, mon colonel ! Soigner une maladie de cœur dans une

cabine de deux mètres carrés! D'ailleurs une hypertrophie n'est pas un mal contagieux.

— Avec ça que vos farceurs du Conseil de santé la goberont, votre hypertrophie! Ils voient le choléra partout, et si cet animal-là vient à claquer, nous en avons pour nos quarante-huit heures au Frioul.

— Pas si haut, colonel; mon malade n'est pas loin et pourrait vous entendre. Pour les affections de ce genre, les émotions sont mauvaises.

Et l'officier, d'une effrayante maigreur de squelette, flottant dans son uniforme trop large, grommelait en reprenant des sardines :

— Les émotions! il me fait rire, celui-là, avec ses émotions. Comme si, moi, je n'étais pas dix fois plus malade!

Après déjeuner, le commandant emmena Kerisel dans son petit salon où le café était servi sur la table encombrée de cartes marines. Aux murs, une vue de Marseille, quelques dessins chinois et une photographie représentant une brune majestueuse qui semblait trop chez elle pour n'être pas madame Cazaubon. Dans un coin, deux moineaux blancs du Japon, à bec rouge, répétaient du matin au soir leur tac-tac monotone.

— Eh! bien! monsieur le Ministre, dit le marin, êtes-vous content du *Bassac?* Si vous n'étiez pas un vieux loup de mer, je dirais que voilà un temps fait exprès pour vous.

— En effet, cette mer est admirable. Cependant une de ces dames, à ce qu'il paraît, ne la trouve pas encore assez calme, puisque sa place à table est restée vide.

— Ma foi, monsieur le comte, c'est votre faute. Vous avez galamment cédé votre cabine, et l'on s'y trouve si bien qu'on ne veut plus en sortir.

— Mon cher commandant, répondit Kerisel en rougissant un peu, vous auriez été le premier, à ma place... Et, avec tout cela, j'ignore même son nom. Je l'ai à peine vue hier soir quand vous m'avez présenté. Vous êtes parti si vite.

— C'est vrai ; je m'en souviens. Son nom, je vais vous le dire. Peut-être le connaissez-vous ?

Là-dessus, le capitaine Marius Cazaubon sortit de sa poche une poignée de lettres portant les timbres des cinq parties du monde, et finit par découvrir une mignonne carte anglaise qu'il tendit à Alain de Kerisel.

Celui-ci lut à demi-voix ce nom qui jamais, jusqu'alors, n'avait frappé son oreille :

Madame Mertvago.

— C'est un nom russe, dit-il. Mais je ne la connais pas. Savez-vous d'où elle vient ?

— De Constantinople, je crois.

— Ah ! Elle vient de Constantinople ? J'espère qu'elle finira par se montrer. Je serais curieux de causer avec elle.

— Je le comprends ! Les passagères faites comme elle n'encombrent pas les bateaux. Moi aussi, je l'ai à peine vue, et elle m'a dit cinq paroles en arrivant à bord. Mais on aurait cru que le *Bassac* était à elle et que c'était moi qui venais pour payer ma place. C'est tout à fait une grande dame. Et avec cela, gracieuse comme une chatte qui a envie qu'on lui ouvre une porte !

En quittant le salon du commandant, Kerisel resta sur le pont, espérant toujours que madame Mertvago allait y paraître. Mais il tomba dans le ménage Rapolano qui le guettait, sachant qu'il était diplomate. Sans crier gare, avec l'indiscrétion imperturbable des Italiens, ils l'abordèrent en l'appelant collègue et en se présentant eux-mêmes.

Le signor Rapolano, consul d'Italie dans je ne sais quel port du Japon, était un petit homme sec comme un caillou, jaune comme un coing, et dont on n'apercevait d'abord que deux yeux

gris, brillants comme l'acier, embusqués sous
d'énormes sourcils en broussailles. C'était,
comme se le dit Alain, une figure que l'on n'eût
point aimé rencontrer, à la nuit tombante,
dans un défilé des Abbruzzes. D'ailleurs l'as-
pect, les manières, presque la mise d'un lazza-
rone. Comment diable cet homme-là pouvait-il
être consul ?

Au bout d'un quart d'heure, Alain n'en était
plus à s'étonner de l'avancement de « son collègue ». Le signor avait raconté son histoire. Il
était « oune des mille » ! Mais ce n'était pas
tout. Mettant à nu avec fierté sa cheville os-
seuse, il avait montré sur son épiderme douteux
quelque chose qui ressemblait à une vieille
cicatrice.

— Voyez-vous cela, moussu le counte? C'est la
marque des fers des Bourbons !

— Ah ! ah ! monsieur le consul, dit Kerisel en
s'inclinant. Vous avez été au ?...

— Au château de l'OEuf, si, signor. Et savez

pourquoi ? Pour avoir sifflé oune ténor que la cour protégeait.

Alain aurait bien voulu en rester là de la conversation et de la promenade ; mais il était gardé à gauche par la signora qui marchait à pas énormes, agitant un éventail de paille en forme de hache, comme si elle eût été le licteur de son consul.

— Vous connaissez madame Mertvago ? demanda-t-elle ex abrupto au comte.

— Moi, madame ? mais pas le moins du monde.

— C'est que je vous avais vu causer avec elle hier soir.

— Je ne savais pas, alors, avec qui j'avais l'honneur de causer. Mais vous, vous semblez la connaître ?

— Rapolano a passé quelque temps à Constantinople, il y a plusieurs années, et elle y était connue comme Saint-Marc à Venise. Il n'y en avait que pour elle. On dit qu'elle donnait les meilleurs dîners et qu'elle avait le plus beau salon de la ville.

— N'alliez-vous donc pas chez elle, madame ?

— Non, répondit l'Italienne, en pourfendant d'un coup de hache le crâne d'un ennemi invisible. Des difficultés diplomatiques... Mais il y avait deux ou trois ambassadeurs qui passaient leur temps chez cette dame. C'était à mourir de rire. L'un n'en était pas plus tôt sorti que les autres y couraient pour tâcher de savoir ce qu'avait dit le premier.

— Eh ! madame, que voulez-vous ? Ils faisaient leur métier.

— Leur métier ! Ils le faisaient drôlement. C'était l'époque où l'on commençait à parler de la guerre turco-russe, et, chaque jour, un grand personnage, dont les dépêches remplissaient les journaux, passait des heures chez elle. Savez-vous pourquoi? Pour modeler en terre glaise le pied de la belle Laura. Voilà comment il faisait son métier !

— Elle est très belle, alors ?

— On le dit généralement. Moi, je la trouve
trop petite, trop mince, trop poupée. Une poupée bien habillée, par exemple, il faut lui rendre
justice ; ses moindres costumes venaient de
Paris. Et puis tous les talents, disait-on ; pei-
gnant comme une artiste, une voix de contralto
superbe, montant à cheval !... Ça, ce n'est pas
étonnant, puisqu'elle est Anglaise. Enfin parlant
je ne sais combien de langues, et pas embarrassée
pour écrire un article à sensation dans un
journal.

— Son mari est-il diplomate ?

— Ah ! bien, oui ! un grand banquier russe
simplement, et un singulier mari, vous savez ?
Heureusement pour lui que tous les secrétaires
étaient amoureux de sa femme et se surveil-
laient mutuellement. Il faut voir comme elle
les faisait aller ! C'est une poseuse qui ne fait
rien comme tout le monde. Vous croyez peut-
être qu'elle daignera se mettre à table avec

nous ? Allons donc ! elle est trop grande dame.

— J'espère bien qu'elle s'y mettra, dit le consul dont les yeux disparurent tout à fait derrière les broussailles, dans un sourire don juanesque. Il y a furieusement longtemps que je n'ai vu oune zolie femme.

— Tais-toi, Rapolano. Que peuvent te faire les jolies femmes ?

Et la hache cessa d'être un éventail pour devenir une arme menaçante. Alain s'esquiva prudemment.

Maintenant il savait bien des choses sur l'inconnue. Ainsi elle était belle ; c'était une charmeuse ; tout le monde était à ses pieds ? Ah ! il le comprenait bien, puisque, à la première rencontre, presque sans l'avoir vue, il avait couru au-devant d'un désir à peine exprimé par elle.

Son impatience à la retrouver s'augmentait, et cependant il était comme vexé d'apprendre que tant d'hommes l'avaient aimée. Il lui en voulait presque de ces adorations passées. Sur-

4

tout il lui en voulait de ne pas deviner qu'il
désirait la revoir. Cette entrevue fantastique de
la veille, au clair de lune, l'obsédait d'une
façon ridicule. Au grand jour il apercevrait une
jolie femme de plus, et ce serait fini. Il en avait
vu bien d'autres et de plus belles sans doute.

Mais la journée s'écoula sans que madame
Mertvago daignât paraître. Au dîner, sa place
resta vide.

Enfin, à l'heure où ils s'étaient rencontrés la
veille, Alain la vit paraître, toujours enveloppée
de sa pelisse noire, et voilée de dentelles.

Il la salua respectueusement et lui offrit son
bras. Elle le prit avec une grâce très simple, et
ils se mirent à marcher sur le pont où la clarté
de la lune marquait, sous la tente, une large
raie lumineuse. A quelques milles, les sommets
de l'île de Crète détachaient sur l'azur sombre
les découpures argentées de leurs cimes.

— Vous vous faites bien désirer, madame,
dit Kerisel après un silence. Si j'étais capitaine

du *Bassac*, il y aurait un règlement obligeant les passagers à occuper leurs places à table.

— Mon Dieu ! je crois bien que le règlement existe. Le difficile est de le faire observer, quand les passagers sont des passagères. D'ailleurs, quel mal cela vous fait-il que je sois servie chez moi où, grâce à vous, je suis si bien ?

— Quel mal, madame ? Un très grand. J'ai, ou, du moins, j'aurais l'honneur d'être votre voisin à table. Vous voyez quel préjudice j'éprouve.

— On voit que vous êtes Français, monsieur. Eh ! bien, pour réparer ce que vous voulez bien appeler un préjudice, je vous demande un fauteuil dans ce petit coin tranquille. Avouez que nous causerons mieux ici que dans cette horrible salle à manger où l'on étouffe.

Kerisel approcha de la jeune femme une chaise longue en bambou. Elle s'y étendit avec une souplesse gracieuse, laissant à peine voir, dans un fouillis de dentelles, la pointe effilée d'un microscopique soulier de satin noir.

— Vous n'aimez pas la traversée, à ce que je vois, madame ?

— Je l'aimerais beaucoup si l'on pouvait supprimer les passagers, sauf deux ou trois hommes d'esprit, sachant disparaître quand je ne voudrais pas les voir, et se taire quand je ne voudrais pas les entendre. Cette cohue de curieux et d'insolents qui ont le droit de me coudoyer m'exaspère et je la fuis. D'ailleurs, de temps en temps, quelques journées de solitude font du bien. A terre, elles sont si rares !

— Les femmes de votre âge ne parlent guère ainsi, d'habitude.

— Cela vient de ce qu'elles ne vous font pas l'honneur de se montrer sérieuses quand elles le sont. Pour vous, hommes, cela veut si souvent dire : ennuyeuses.

— Vous êtes sévère pour nous, madame !

— A qui la faute ? Sur vingt hommes qui recherchent ma société, quinze sont attirés par mes côtés frivoles et s'inquiètent fort peu de ce

que je vaux. Les cinq autres reconnaissent mes
qualités, mais trouvent mes défauts cent fois
plus agréables.

— Je l'admets. Seulement convenez que vous
avez un faible pour les quinze premiers.

— C'est possible, faute du vingt et unième.
Mais vous nous élevez si mal, et depuis si longtemps ! Quand je pense qu'au mont Ida, — pas
celui que nous voyons là, l'autre, — un imbécile a donné la pomme à la plus sotte des trois
sans ouvrir la bouche aux autres, qui étaient
péut-être aussi belles, après tout !

— Eh ! madame, pour cet imbécile, qui était
un poltron par-dessus le marché, la femme la
plus accomplie de son temps a quitté Ménélas,
qui était un grand roi et un héros.

— Oh ! ce n'est point si sûr, et la question de
la guerre de Troie ne sera pas de sitôt tirée au
clair. Cependant, je l'avoue, j'aurais aimé être
Hélène.

— A cause de Pâris ?

4.

—Non, monsieur, à cause d'Homère.

—Eh ! madame, je me demande lequel est plus flatteur, pour une jolie femme, d'inspirer la lyre d'un poète aveugle ou de faire travailler l'ébauchoir d'un grand homme d'État ayant de bons yeux ?

— Vous me connaissez donc, monsieur ?

—Parce que je me suis permis de parler de votre beauté ?...

— Soyez sérieux. Êtes-vous venu jamais à Constantinople ?

—. Non, mais nous possédons à bord une descendante d'Énée, que la belle Hélène me paraît avoir négligé d'inviter à ses bals. Et cependant, quoique avec moins d'enthousiasme qu'Homère, peut-être, cette Italienne chante vos triomphes et vos charmes.

— Racontez-moi ce qu'elle vous a dit !

Ce n'était pas bien long. Kerisel répéta son entretien avec la femme du consul, en élaguant quelques expressions désobligeantes, mais en conservant fidèlement le fond.

— Et c'est tout ce qu'elle vous a rapporté? demanda madame Mertvago.

— C'est tout.

— Absolument tout ?

— Sur l'honneur, je vous l'affirme.

— Ah ! cette terre glaise ! me l'a-t-on assez reprochée ! Et les rameurs de mon caïque en velours vert émeraude ! Et mes costumes aux bals travestis des ambassades ! C'était une époque agréable, et je regrette de ne vous avoir pas connu alors, monsieur.

— Moi, madame, je ne le regrette pas. J'aime mieux vous voir ici, dans ce cadre idéal qui vaut tous les salons du monde. Seulement, je parle de vous *voir*.... En réalité, madame, jusqu'ici je pourrais croire que vous n'avez que des yeux.

Elle eut un joli rire sonore, et, très simplement, sa main laissa glisser les plis de la den-

telle qui la préservaient de la fraîcheur de la
nuit. Le visage apparut tout entier, ovale et petit
comme celui d'une statue grecque dont la clarté
qui l'éclairait lui donnait la pâleur mate. Mais
la pourpre foncée des lèvres charmantes, légèrement retroussées par le sourire de la femme qui
se sent admirée, faisait déborder la vie sur ces
traits où se lisaient la fierté et l'intelligence.

Kerisel, silencieusement, regardait, gravant
dans sa mémoire ce tableau qui ne devait plus en
sortir, lui vivant.

— Vous semblez une déesse échappée des val-
lons de l'Olympe, dit-il sérieusement.

Et ils restèrent sans parler.

Bientôt elle se leva, devenue sérieuse à son
tour, et tendant la main au comte :

— Bonsoir, dit-elle ; la fraîcheur augmente et
j'ai peur d'être une déesse qui s'enrhume.

Il déposa sur cette main d'enfant un baiser
respectueux.

— Vous reverrai-je au moins demain soir?
demanda-t-il.

— Qui sait? fit-elle, en levant ses beaux sourcils.

Et elle rentra dans sa cabine, le laissant immobile à la place qu'elle venait de quitter.

A l'arrière, les conversations commençaient à
s'éteindre, mais, dans le salon, deux ou trois
Français amis de l'à propos, — et de la musique
d'Offenbach — chantaient le refrain que l'Europe
nous envie :

> Pars pour la Crète...
> Pars pour la Crète...

en frappant sur le piano à tour de poignets.

Au même moment, le pauvre Hollandais rendait le dernier soupir entre un infirmier somno-
lent et le docteur, fort contrarié de n'avoir pas
pu « l'amener jusqu'à Marseille ».

V

Le déjeuner du lendemain fut lugubre.

Malgré le secret que l'on essaye toujours de
garder en pareil cas, tout le monde savait qu'un
passager était mort. A cinq heures du matin la
machine avait stoppé deux minutes; ceux qui
couchaient près de la coupée de bâbord avaient
entendu un *plouf*, puis l'hélice s'était remise à
tourner, laissant le mort plonger au fond de l'a-
bîme, cousu dans son suaire de toile à voile,
lesté de barreaux de fonte.

Pour le coup, on n'échapperait pas à la quarantaine. Tout le monde était furieux, et l'on se

gênait à peine pour faire comprendre au docteur
que c'était sa faute.

Et puis, songer qu'on avait passé la nuit avec
un cadavre à quelques mètres de soi!...

Au fond, cette panique amusait le colonel qui
aimait les situations sinistres.

— Après tout, disait-il au médecin, très haut,
il est peut-être tout simplement mort du choléra, ce bonhomme. On sait que vous ne devez
pas dire la vérité en pareil cas, vous autres. Une
fois, sur un transport de l'État, nous avons at-
trapé une épidémie... je ne vous dis que ça.
Cent cinquante-sept hommes flanqués à l'eau
dans la mer Rouge. Eh! bien! à en croire ces
farceurs de majors, tous ces pauvres mâtins
étaient emportés par des indigestions. Des indigestions avec l'ordinaire d'un transport! Vous
voyez ça d'ici!

Les passagers que cette conversation vexait
auraient voulu faire taire le colonel, très amusé
en voyant circuler les plats intacts.

L'après-midi fut longue ; beaucoup marchaient fiévreusement pour se maintenir en moiteur. Madame Rapolano, blême, infectant le phénol, errait dans les coins déserts en repoussant les miasmes avec sa hache de paille.

Malgré lui, Kerisel, que cette frayeur ridicule ne pouvait atteindre, était envahi par la tristesse générale. Il sentait, sur son cœur, un poids étrange, et, surtout, il était surpris de n'éprouver aucune joie en voyant approcher l'heure où il quitterait le navire. En vain, il songeait à son arrivée en France, à tout ce qui l'attendait. En dépit de sa volonté, le moment qu'il appelait de son impatience était celui où il se retrouverait, comme la veille, seul avec madame Mertvago.

Et si elle ne venait pas !

Cette seule pensée l'agitait, le rendait nerveux, tandis qu'il essayait de lire dans un fauteuil appuyé à la cloison derrière laquelle elle se trouvait. Parfois la porte s'ouvrait et il sen-

5

tait dans son cœur un léger choc ; mais c'é-
tait la femme de chambre vaquant à son service
avec son air sérieux et posé de soubrette bien
dressée.

Enfin l'heure attendue sonna, et la jeune
femme parut, tendant la main à Kerisel, comme
à une vieille connaissance. Elle s'assit dans le
fauteuil qu'il avait préparé pour elle depuis longtemps et se mit à parler de l'événement du bord
dont sa femme de chambre lui avait raconté les
détails, recueillis à la table des secondes.

— Il paraît que sa femme est venue l'attendre
à Marseille et qu'elle l'adore. Pauvre malheureuse ! Si c'était moi qu'on eût jetée dans la mer
cette nuit, — et elle eut un léger frisson — personne ne se serait aperçu à l'arrivée qu'un passager est resté en route.

— On ne vous attend pas à Marseille ?

— Ni ailleurs, dit-elle avec un sourire triste.
Et vous, monsieur ?

Chose étrange ! une sorte d'instinct, de besoin

de franchise, le poussa à se montrer tel qu'il était : un homme ne s'appartenant plus. Après, il n'en serait que plus libre de s'abandonner au charme qui l'attirait vers cette femme dont il allait, d'ailleurs, être bientôt séparé pour toujours. Très simplement, en peu de mots, sans nommer personne, il la mit au courant de ses projets.

— Ainsi vous êtes fiancé, pour la seconde fois? dit madame Mertvago en le regardant avec une sorte de curiosité.

Alors elle l'interrogea sur sa vie, sur sa jeunesse, sur sa carrière, sur ses voyages, voulant savoir quels postes il avait occupés, qui il y avait rencontré.

— Vous n'avez pas passé aux Indes, en revenant de Chine? demanda-t-elle avec un intérêt singulier.

— Non; pourquoi cette question?

— Pour rien; pour savoir.

De minute en minute, elle se sentait plus libre avec lui ; il lui semblait qu'elle le connaissait depuis des mois. Avec sa simplicité très franche de femme intelligente, elle l'interrogeait, s'intéressant à cet homme qu'elle reconnaissait supérieur, sur bien des points différent des autres.

A la fin, le grand sujet fut abordé, mais sans plus d'arrière pensée que tout le reste. Elle lui demanda s'il avait eu une passion dans sa vie.

— Je parle du passé, ajouta-t-elle en riant. Ce n'est point au fiancé que je m'adresse, mais au diplomate qui a couru toutes les capitales.

— Excepté Constantinople, madame, dit-il en la regardant avec une gravité respectueuse.

Elle le considéra, de son côté, pendant un instant, et, sur cette physionomie lumineuse où tout se lisait, on eût pu voir, malgré l'ombre, passer comme un nuage.

— Je ne sais où j'ai la tête, dit-elle en se levant, pardonnez-moi. Mais vous avez dû remarquer qu'on cause sur mer autrement que dans un salon. Sans m'en douter, je vous fais subir un interrogatoire en règle.

— Je vous en remercie, madame, et vous pouvez continuer. J'ai l'avantage de n'avoir à dissimuler aucune faute grave et le regret de n'avoir à taire aucun bonheur mystérieux.

Le lendemain, dans l'après-midi, le *Bassac* franchissait le passage à angle droit du détroit de Messine dont on apercevait à gauche l'immense quai aux constructions régulières. Le ciel s'était brusquement couvert après une journée splendide. A peine avait-on pu deviner l'Etna derrière son rideau de nuages. Le commandant, les mains dans ses goussets et remuant la tête, disait qu'on allait avoir « du tabac » à la sortie. Sur le pont, les matelots roulaient les tentes et, dans la salle à manger, le maître d'hôtel ornait les tables des *violons*, ces sinistres accompagnateurs du mal de mer à bord des paquebots.

Accoudé à la lisse, Alain s'amusait à suivre de l'œil une petite barque qui coupait dédai-

gneusement le tourbillon légèrement visible de
Charybde, ce pauvre écueil déchu, dont les gamins de Reggio ne détournent même pas leurs
coquilles de noix. Mais, soudain, le bateau
laissa derrière lui la tour blanche du phare, et ce
fut un changement à vue.

Comme une avalanche d'air, le vent s'abattit
subitement sur le *Dassac*, dont la masse énorme
n'en fut pas ébranlée. Dans les agrès, à travers
les portemanteaux et les montants des tentes,
on entendit ce mugissement continu et uniforme si peu semblable aux efforts intermittents
d'un ouragan qui souffle à terre. Alors, assez
brusquement, le navire se mit à tanguer, puis,
l'abri de la terre s'éloignant toujours, il y
eut deux ou trois « coups de casserole » qui
obligèrent la plupart des passagers à gagner la
solitude de leurs cabines. Au loin, la mer devenait sinistre et lourde comme les plis d'un drap
noir, tandis que, plus près, de longues lignes
d'écume accrochaient aux vagues leurs franges

d'argent, semblables à une décoration funèbre. La côte de Calabre, dont on distinguait, dix minutes plus tôt, les moindres maisons, dessinait à peine, sur l'horizon sombre, sa silhouette plus sombre encore.

Deux ou trois bricks, presque à sec de toile, se hâtaient de rentrer derrière le môle, tandis que l'énorme paquebot, debout à la lame, continuait, dédaigneux, sa route, comme un taureau traverse une prairie sans prendre garde aux aboiements des chiens qui le harcèlent.

Soudain, le claquement d'une porte fit retourner Kerisel ; derrière lui madame Mertvago sortait de sa cabine.

Dans sa robe simple de laine brune, dans l'étroite casaque de drap de matelot qui serrait sa taille incomparable, elle lui sembla plus grande qu'à leurs précédentes entrevues. C'était la première fois qu'elle lui apparaissait en plein jour, et, curieusement, il cherchait ses yeux, de même que nous contemplons, les ténèbres disparues, la rive glissante où la nuit a failli nous engloutir. C'était bien toujours le même regard qui semblait à la fois menacer comme un glaive et solliciter comme un gouffre. Mais, maintenant, la menace, la cruauté même, y dominaient.

— Ce qui fait rentrer les autres vous fait sortir, madame, lui dit Alain après l'avoir saluée. Franchement, si je m'attendais à voir quelqu'un ici, en ce moment, ce n'est pas vous.

— Vous y êtes bien ! pourquoi ne serais-je point attirée par ce que vous admirez vous-même ? Comme c'est beau ! mon Dieu ! comme c'est beau !

Mais, maintenant, ce n'était plus la mer qu'il regardait. C'était ce visage où la tempête semblait aussi marquer son passage. La tête haute, l'arc superbe des sourcils plus marqué encore, les yeux brillants d'un feu étrange, les narines frémissantes, les lèvres sanglantes à demi écartées, la femme qu'il avait à ses côtés lui semblait

une créature nouvelle. Il devinait dans cette nature des abîmes qu'il n'avait pas soupçonnés.
Jusqu'ici, elle ne lui avait montré que la supério-
rité d'une intelligence remarquable, la grâce
séduisante d'une charmeuse de haute éducation.
Mais il y avait autre chose, quelque chose qu'il
ne comprenait pas, mais dont il avait peur.

La mer grossissait toujours et, devant chaque
lame, l'immense navire se dressait comme un
cheval de course qui aborde l'obstacle. Mais la
jeune femme restait inébranlable, sa petite
main rivée ainsi qu'un étau à l'échelle de corde
des haubans. On eût dit qu'elle considérait cette
lutte des éléments du haut d'une tour où le
danger ne pouvait l'atteindre.

— Rien ne vous effraye donc? lui cria Alain,
comme une lame venait de s'abattre sur le pont
à quelques pas d'eux, avec un fracas étourdissant.

— Pourquoi serais-je effrayée? répondit-elle,
très calme. Nous savons tous deux que la plus

5.

forte bourrasque n'est rien pour ce paquebot.
Oh! cher bateau! comme je l'aime avec sa force
dédaigneuse et invincible! Il me semble que
cette puissance est la mienne, que c'est moi qui
brave ces vagues qui se tordent à mes pieds.
Oui! je les brave, je les brave! disait-elle avec
une exaltation croissante, en frappant du pied
les planches ruisselantes.

— Oh! dit Alain, si je savais peindre, comme
je ferais de vous, en ce moment, un superbe
Génie des tempêtes!

— Dites plutôt la *Reine des naufrages*, car
c'est un naufrage que je voudrais voir. Ce serait
enfin un spectacle nouveau pour moi. Vous
figurez-vous cette mer couverte de débris,
d'hommes luttant contre la mort, s'enfonçant,
reparaissant, élevant leurs mains vers moi avec
des cris de désespoir!

Son bras se tendait vers l'abîme où elle semblait voir le drame s'accomplir.

— Ah! taisez-vous! s'écria Alain; vous me

faites peur. On croirait que vous ètes cruelle.

— Oui, je suis cruelle — à mes heures. Oui, j'aime à voir souffrir, à voir couler les larmes et le sang. Tant pis pour ceux qui m'ont rendue ainsi. Et, si je vous fais peur, allez retrouver vos Parisiennes que la vue d'un chien écrasé fait évanouir.

— Est-il possible que vous parliez ainsi! Êtes-vous donc la même femme qui me charmiez hier à cette place ?

— Eh! cette mer aussi a changé, et cependant c'est la même. Un coup de vent, quelques souvenirs mauvais ont suffi pour nous rendre toutes deux méconnaissables. Mais il ne faut pas, dit-elle en devenant subitement plus douce, que les moments de tempête fassent oublier les heures de calme.

Il ne répondit pas, et ils restèrent immobiles, tout près l'un de l'autre. Le voile de la jeune femme s'était desserré et fouettait de ses plis humides les lèvres de Kerisel. Soudain un coup

de vent plus fort emporta dans la mer la toque
légère de feutre noir et l'écharpe de gaze. Les
flots superbes d'une chevelure brune aux reflets
dorés se dénouèrent et s'étendirent ainsi qu'un
nuage déchiré par l'ouragan; le visage d'Alain
fut baigné de leurs ondes tièdes, parfumées, vi-
vantes. Il ne bougea point, il ne dit pas une
parole. Il devint seulement un peu pâle et ferma
les yeux comme sous une caresse inattendue.

Pendant quelques instants, madame Mertvago
laissa cette chevelure magnifique, celle de
toutes ses beautés dont elle était le plus fière,
voler au gré du vent. Sans s'occuper maintenant, ni de la tempête ni de son voisin, elle
suivait de l'œil les flots dorés ondulant à un
mètre d'elle. Dans son plaisir, on sentait non la
coquetterie satisfaite, mais la naïve admiration
d'elle-même.

Enfin, sans dire une parole, elle rentra dans
sa cabine.

VI

Aux premières lueurs du jour suivant, le *Bassac* laissait tomber son ancre dans les flots endormis de la rade de Naples.

Sur la teinte déjà rose du ciel débarrassé de tout nuage, les cônes affaissés et le long panache presque horizontal du Vésuve se découpaient crûment en violet sombre. De minute en minute, une lueur incertaine rougissait à peine les bords du cratère. On eût dit les derniers efforts d'une lampe qui va s'éteindre, inutile.

Déjà le canot de la poste poussait au large du

navire, emportant les dépêches pour la France...
la lettre qu'Alain écrivait trois jours plus tôt à
sa fiancée.

A l'autre flanc du paquebot, des musiciens
entassés dans une barque commençaient leur
aubade qu'écoutait un passager penché au-
dessus d'eux. C'était Kerisel, dont le lit n'avait
pas été défait cette nuit-là. Il avait compté les
heures sur le pont, en regardant les étoiles, surtout une étoile qui brillait, discrète comme le
désir d'un amoureux timide, derrière un rideau
de soie verte.

— Déjà debout, monsieur le Ministre ! dit
tout à coup derrière lui une voix qui le fit tressaillir.

— Ah ! commandant, bonjour. Je ne me pardonnerais pas de manquer un spectacle comme
celui-ci. C'est le charme du voyage. Hier la tempête, aujourd'hui l'une des plus belles aurores
que j'aie vues de ma vie. Et puis Naples ! Naples,
qui s'empare de nous par tous les sens, de

toutes les façons, même par la voix superbe de
ce ténor en guenilles qui est un artiste.

— Sans parler de la jolie blonde qui l'accom-
pagne sur sa guitare et oublie, en ce moment,
de gratter son instrument pour gratter sa chevelure. Mon Dieu! comme tout s'éveille de
bonne heure ici! A propos, vous plairait-il d'aller
à terre? Je m'y rends pour les formalités du
voyage, et ma baleinière nous attend.

Deux minutes après, le diplomate et le marin
filaient vers la Douane où ils se séparèrent.

. — Amusez-vous bien, monsieur le Ministre,
et n'oubliez pas que nous levons l'ancre à midi.

En touchant la terre, Alain de Kerisel avait
respiré longuement. Peut-être est-ce *soupiré* que
je devrais écrire; lui-même n'eût pu dire lequel.

Depuis quelques jours, depuis quelques
heures, surtout, il avait éprouvé des chocs que
sa jeunesse mélancolique et isolée, sa vie conju-
gale fidèlement acceptée, ne lui avaient point
laissé connaître. Au fond, ces émotions pro-

fondes, imprévues, puissantes, charmaient sa
nature de poète et d'artiste. Il était de ceux que
l'amour prend d'abord par le côté idéal. Ce qui se
passait maintenant en lui, c'était l'inconnu.
L'inconnu à quarante ans!

Il sentait comme une crainte vague, mais
aussi je ne sais quelle reconnaissance exaltée
pour la femme dont les yeux lui avaient appris
cette langueur étrange, délicieuse, contre laquelle il luttait. Car sa conscience d'honnête
homme se révoltait en lui. Il était fiancé! A
cette pensée, il endurait une vague souffrance.
Était-ce de se sentir, à un certain degré, parjure envers Madeleine? Était-ce tout simplement, — le cœur humain est si étrange! — était-
ce de n'être plus libre?

Sourd aux offres des cochers et des interprètes
qui pliaient devant lui leurs dos rapés, il s'en-
fonçai à pied, lentement, dans la foule sou-
rieuse et gazouillante qui remplissait les rues
que le soleil n'échauffait pas encore. Parfois il

savait à peine où poser le pied entre les amon-
cellements violets, verts, dorés, des figues, des
melons d'eau et des grappes couvertes de guêpes,
qui s'entre-croisaient sur les larges dalles. Il
marchait le front baissé, ne voyant ni les femmes
du peuple qui s'en allaient, la tête drapée de
noir, l'œil aux aguets, l'éventail en campagne,
comme des duchesses dans la galerie d'un bal;
ni les enfants tout nus s'étirant au soleil sur les
marches souillées d'ordures des perrons ver-
moulus; ni les moines au crâne rasé, à la robe
de laine brune largement rapiécée de toile
bleue.

Il dépassa sans s'en douter San Carlo, le Palais
Royal, les boutiques de marchands de corail de
la rue Sainte-Catherine. Il était à la Chiaïa. Il
traversa la promenade jonchée de feuilles mortes
qui criaient sous son pied, et, gagnant le bord
de la mer, il s'appuya à la balustrade, reposant
sur ses bras croisés son front lourd d'insomnie,
de fièvre, de fatigue.

Tout à l'heure il avait voulu fuir ce bateau, cette étroite maison de planches où il était enfermé côte à côte avec celle qui hantait, qui ensorcelait sa pensée. Il lui semblait qu'en s'éloignant d'elle il échapperait à sa magie, comme on échappe à l'engourdissement en sortant d'une chambre où l'on a mis trop de fleurs, il voulait sincèrement redevenir lui-même, l'homme sérieux et fort, le fiancé responsable d'une autre existence.

Mais voilà que, déjà, il sentait un vide douloureux, intolérable. Tout faiblissait en lui. Il se faisait presque violence pour ne pas sauter dans une barque, pour ne pas regagner bien vite ce navire où, du moins, il se saurait près d'elle.

— Grand Dieu! se disait-il, que ferai-je donc dans deux jours, quand elle se sera envolée, je ne sais où, pour ne plus reparaître jamais peut-être? Que ferai-je quand il me faudra porter ce cœur malade à celle qui m'attend depuis deux ans, qui rêve aussi, mais à moi, en regardant les vagues de l'autre côté de cette mer bleue ?

Un pas léger, un bruit d'étoffe balayant les feuilles sur le sable se fit entendre derrière lui. Il tourna son visage vers celle qui s'approchait. C'était madame Mertvago.

— Comment ! vous ! s'écria-t-elle, visiblement surprise. Je croyais avoir été la première à descendre à terre. A quelle heure vous êtes-vous donc levé?

Il eut un sourire très triste et il la regarda sans répondre. Ce matin-là, elle était plutôt jolie que belle, avec ses beaux yeux brillants de santé, ses joues rouges fouettées par la brise fraîche, ses lèvres éclatantes. Sa toilette, d'une simplicité toute parisienne, était une merveille de goût. Elle n'était plus la créature fatale qui l'avait épouvanté la veille. C'était une femme toute gracieuse, toute simple, tout heureuse de vivre.

Elle prit le bras de Kerisel, et, tandis qu'ils

remontaient lentement ensemble la plus belle promenade de l'Europe :

— Combien y a-t-il donc d'êtres en vous? dit-il. A chaque entrevue, je trouve une femme différente. Laquelle est la vraie? celle de ce matin où... la Reine des Naufrages?

— Oubliez celle-là qui n'aurait pas dû se laisser voir! Je me sens dans un de mes bons jours. Je savoure la vie. Je voudrais remercier le soleil qui m'échauffe délicieusement, ce panorama splendide qui me charme, cette mer idéale qui va m'emporter vers la France, vers Paris que j'adore.

— Hélas! parmi toutes ces actions de grâces, vous ne trouvez pas un merci pour celui dont les yeux doivent vous dire combien vous êtes belle!

— Certainement si! je vous remercie d'être un homme poli, spirituel, respectueux, comme je les aime. Je vous remercie même de vous être trouvé là juste à point pour m'escorter dans ma promenade, et me ramener à ma voiture quand

j'aurai assez marché. Eh bien ! vous ai-je suffi-
samment payé ma dette de reconnaissance ?

— Oui, madame, pour aujourd'hui ; à condi-
tion que vous laisserez mon compte ouvert.

— Oh ! sans doute. Grâce à Dieu, nous appro-
chons de Paris, et là, mon cher Ministre, je vous
verrai quelquefois, j'espère.

Il ouvrait de grands yeux, ne la reconnaissant
plus, tant elle parlait, maintenant, en femme du
monde, fort agréable, mais semblable aux
autres. Peut-être fut-ce cette métamorphose
qui lui donna le courage de répondre :

— Malheureusement, je ne vais point à Paris,
du moins quant à présent. Je suis attendu à
Cannes...

— Oh ! pardon, dit-elle, j'oubliais. Votre
fiancée, sans doute ?

Il ne répondit pas, et ils firent quelques pas en
silence. Mademoiselle de Champdhivers, j'en ai
peur, n'eût pas goûté ce silence-là.

— Voilà ma belle humeur envolée, dit la compagne d'Alain. Je ne puis entendre parler d'un mariage sans devenir lugubre. C'est plus fort que moi. Aussi pardonnez-moi d'avoir troublé votre rêverie, et reconduisez-moi à mon calessino.

— Je vous en supplie, dit Kerisel, en la retenant doucement. Ne me quittez pas encore. Il y a si longtemps que je désirais une heure comme celle que l'imprévu me donne...

— Si longtemps ! s'écria-t-elle en riant. Mais vous ne me connaissiez pas il y a quatre jours !

— Eh ! sais-je s'il y a quatre jours, quatre mois ou quatre ans ? Je ne mesure plus le temps par les minutes qui s'écoulent, mais par les pensées que mon âme vous envoie malgré elle. Qui vous dit que je ne vous ai pas donné deux ans de ma vie depuis hier, pendant cette nuit passée — vous allez rire, madame — à regarder la veilleuse de votre chambre?

— Non, je ne ris pas, dit-elle, fort sérieuse. Ce serait avouer que je ne mérite pas ces hommages. D'ailleurs je n'ai point à les repousser, puisqu'ils sont involontaires.

— Ils le sont, cria-t-il avec une sorte de colère. Je ne veux pas, je ne dois pas penser à vous. Mais j'ai beau faire. Vous êtes si belle, belle d'une façon si inconnue, si étrange, que...

Il luttait encore ; mais il rencontra deux yeux qui l'éperonnèrent comme un cheval qui hésite à l'obstacle.

— ... Que je vous aime, acheva-t-il d'une voix sourde. Ah ! tenez ! j'ai failli vous le dire au premier regard que vous avez jeté sur moi ; et cependant ces mots sacrés ne viennent pas facilement sur mes lèvres. C'est insensé, ce que je fais, c'est pire que cela, je le sais. Mais que voulez-vous ? je m'attendais si peu à cette surprise ! je songeais si peu à me défendre et, jusqu'ici, j'en avais eu si peu besoin ! Oh ! ne me dites rien ; je vous entends d'avance ; je n'ai même pas, en ce moment, le triste bonheur d'être aveuglé. Je prévois un avenir sombre pour moi et pour d'autres, mais vous êtes témoin que ce n'est pas moi qui vous ai cherchée.

— Et vous, si jamais vous entendez dire que Laura Mertvago a été coquette, dangereusement coquette, vous direz qu'elle ne le fut pas avec vous. Vous prétendez que vous n'êtes pas aveugle? Peut-être. Mais vous êtes poète, ce qui est la même chose. Je vous connais déjà bien, allez! On sent dans votre âme un immense besoin d'idéal; vous le cherchez partout et vous avez cru le trouver dans le hasard qui nous a mis en présence au milieu de scènes grandioses, si peu semblables à la vie ordinaire.

— Oh! mon Dieu! dit Alain en soupirant, comme cette froide raison qui parle en vous me glace!

— Tant mieux! et pourtant, moi aussi, je suis poète, ou du moins je l'étais. Mais la poésie meurt vite sans le bonheur. Ah! oui, certes; ce serait pour vous le plus grand des malheurs que de m'aimer, car je ne veux plus aimer ni vous ni personne.

— Quelle chose amère de vous entendre parler ainsi, vous si jeune !

— Mon visage est encore jeune, mais j'ai déjà vécu deux vies. Je sais ce qu'il y a au fond de l'amour, de l'amour légitime et... de l'autre. Ils m'ont trahie tous les deux et n'ont laissé vivre dans mon cœur que la vengeance et la haine.

— Ah ! si vous saviez ce que c'est que d'être aimée par moi !

— Vous dites tous cela ! Mais pourquoi m'aimeriez-vous plus que l'homme à qui j'ai donné ma foi et mes espérances de jeune fille ? Soyez tranquille ; je ne vous raconterai pas mes malheurs conjugaux, comme toutes les femmes incomprises que vous avez rencontrées voyageant seules. Mais enfin, sachez-le. Si je suis ici, c'est qu'un de ces outrages qu'on ne pardonne pas m'a chassée de chez moi, de ma maison, où

6

j'étais respectée, enviée, entourée d'hommages.

— Si vous saviez comme je vous rends, à moi seul, ce respect, cette adoration, cette estime !

— Un autre m'a dit la même chose, et je l'ai cru. J'étais si jeune ! Pendant deux ans, il a eu jusqu'à la moindre pensée de mon cœur. Pas un autre homme n'a obtenu de moi un regard, et Dieu sait si tous se jetaient sur moi, comme sur une proie réservée au plus habile. Un beau jour — il était diplomate, lui aussi — il m'a dit qu'on l'envoyait ailleurs. Je l'ai supplié de ne pas partir ; j'ai pleuré à ses pieds, moi, Laura ! Je lui ai dit que, s'il ne restait pas, je deviendrais folle. Rester ! il ne le pouvait pas, vraiment. Il aurait perdu sa place ! En pareil cas, on lâche la femme, comme vous dites, vous autres.

— Et vous l'aimez toujours ?

— Ne me faites pas la honte de le croire. C'est lui qui m'aime, maintenant qu'il ne m'a plus. Du moins, je le suppose, car chaque cour-

rier m'apporte ses lettres que je lui renvoie, sans
les lire, au bout du monde où il est. J'espère
que l'avenir me vengera de lui; je le souhaite.
Je lui pardonnerais plus facilement s'il m'avait
quittée pour une autre.

— Y en a-t-il *une autre* après vous? dit Kerisel en la dévorant du regard, car elle était superbe dans son exaltation tumultueuse. Ah! si
c'était moi que vous eussiez aimé! J'aurais
perdu pour vous toutes les dignités, toutes les
fortunes. Je vous aurais donné ma vie. Tenez,
c'est horrible, ce que je vais dire : Eh! bien,
pour une de ces heures que je devine dans vos
yeux, je ne suis pas sûr que je ne vous aurais
pas donné l'honneur de mon nom.

— Vraiment? fit-elle en fixant Alain avec une
sorte de joie effrayante. C'est comme cela qu'il
faut qu'on m'aime. Il faut me sacrifier *tout*.
Mais à présent, c'en en fait de l'amour, et je me
demande pourquoi vous m'avez fait dire toutes
ces choses, vous que je connais à peine. Ou-

blions-les, et rentrons chacun dans la réalité de notre vie.

— Jamais ! jamais je n'oublierai cette matinée à la fois délicieuse et cruelle. Voyez cette baie voluptueusement endormie sous le soleil qui la caresse et ce volcan qui crache sa fumée noire. C'est votre image : vous engourdissez et vous brûlez. Mais il n'y a au monde qu'un séjour comme Naples et qu'une femme comme vous.

Ils étaient arrivés à la voiture qui attendait depuis deux heures. La jeune femme y monta, légère, avec un joli signe d'adieu.

— *Vedi Laura, poi mori*, dit-elle en riant.

— Peut-être ! fit gravement Alain.

Et la voiture s'éloigna.

VII

Le lendemain, à la nuit, le *Bassac* relevait au loin le phare à éclats blancs et rouges de l'entrée de Marseille.

Sur le pont, les passagers, dont le nombre était encore diminué du ménage Rapolano, resté à Naples, causaient avec une animation inusitée. Au dîner, le champagne avait coulé à flots, en l'honneur du capitaine Marius Cazaubon, à qui l'on avait porté un toast, suivi des *hurrahs* réglementaires. Le brave marin, d'un air fort tranquille, avait riposté par un speech

6.

d'autant mieux réussi qu'il le prononçait quatre
fois par an, pour des occasions semblables.

Dans les cabines, le désordre le plus complet
remplaçait, pour un soir, la sévère discipline du
bord. Partout des valises, des caisses, des sacs,
débordant jusque sur les tables de la salle à
manger. On voyait même des perroquets dans
leurs cages, conservant une gravité comique au
milieu de tout ce bruit, le bout d'une patte
dans leurs gros becs, semblables à un poète qui
se mord les ongles en cherchant une rime. Au
contraire, deux ou trois singes criaient de toute
la force de leurs poumons jusque-là épargnés
par la phtisie. Les garçons de service s'empres-
saient, apportant les factures du commissaire,
ficelant les paquets, encaissant les pourboires
et, dans le fond de la grande salle, quelques
jeunes Français, un peu gris, chantaient : *Vers
les rives de France*, en improvisant les parties,
mais sans pouvoir terminer le refrain, qu'ils
recommençaient toujours malgré eux.

Les Anglais avaient engagé de gros paris sur l'heure de l'arrivée et sur la question de savoir si l'on serait mis en quarantaine.

Seule, à sa place ordinaire, Laura Mertvago, les yeux fixés sur les côtes à peine visibles, semblait ne pas apercevoir Alain qui la contemplait à quelques pas. Il finit par s'approcher. Au milieu de la gaieté générale, la tristesse qui l'accablait était saisissante.

— Comme il vous tarde d'être débarquée ! dit-il.

— Oui, certes. Pensez-vous que nous serons dispensés de la quarantaine ?

— J'espère que non. Si j'étais le maître, en ce moment même nous virerions de bord et nous retournerions au Japon, plus loin encore. Ce serait quelques mois à vivre tout près de vous, presque sans vous voir, il est vrai, mais en sachant que vous êtes là. Cher et funeste bateau ! quelles heures j'y ai passées !

— Voilà un souhait des plus galants, mais quelque peu égoïste, il me semble.

— Vous ai-je montré que je l'étais?

— Non, et je suis une ingrate. Mais rendez-moi un dernier service. Informez-vous de l'heure du départ du prochain express pour Paris.

— Le train part à minuit, madame, vint-il dire au bout de cinq minutes.

— Merci, comte, répondit Laura.

Puis, l'esprit traversé par une de ces pensées qui rendent la femme inexplicable, elle ajouta :

— Et le train pour Cannes?

Elle dit cela avec son beau sourire méchant de démon femelle. Kerisel, exaspéré, ne répondit pas ; mais, dans cet homme si froid en apparence, on devinait que la lutte grondait. Comme pour ne pas céder à une tentation trop forte, il s'éloigna et se perdit dans l'ombre.

On était dans l'avant-port de Marseille; la machine avait stoppé, et le navire filait sur son erre, ayant à son grand mât les feux blancs et rouges qui le signalaient et demandaient l'entrée.

Une chaloupe à vapeur s'approcha, montée par un médecin du port ; des questions et des réponses furent échangées, des papiers descendus dans un seau au bout d'une corde. Enfin le verdict de *la Santé* fut rendu : le *Bassac* pouvait accoster le soir même.

Dès lors, ce fut à bord une agitation frénétique, chacun voulant débarquer le premier. En quelques tours d'hélice le paquebot s'était approché du quai, et, maintenant, une ceinture flottante de deux cents canots l'entouraient, faisant monter vers le ciel une rumeur épouvantable, composée de tous les jurons marseillais connus.

Un vrai courage était nécessaire pour descendre, au milieu de la nuit, l'escalier suspendu sur l'abîme, et pour mettre le pied dans une de ces embarcations vacillantes. Son tour venu, Laura semblait craindre, regardant autour d'elle.

— Vous savez bien que je suis là, dit Kerisel.

Et, se faisant place de la voix et du geste, il la
soutint sur les marches que l'humidité rendait
glissantes. Au dernier échelon, elle hésitait. Alors,
sans rien dire, il la prit dans ses bras, comme
une enfant, et la déposa dans une barque où
bientôt sa femme de chambre vint la rejoindre.
Elle lui dit : Merci et adieu ; mais il n'eut pas
l'air d'entendre. Il semblait comme fou et re-
monta en courant l'échelle du *Bassac* pour
réunir ses bagages et débarquer à son tour.
Bientôt il toucha terre, et, sautant dans une voiture, il se fit conduire à la gare.

Une heure après, comme l'express pour Paris
allait partir, madame Mertvago cherchait une
place dans les wagons où les voyageurs affluaient.
Un employé de la gare, la casquette à la main,
s'approcha d'elle :

— J'ai l'ordre, madame, de mettre à votre
disposition un coupé réservé.

Elle s'y installa avec sa femme de chambre,

sachant bien à qui elle devait cette faveur. Allait-elle partir sans revoir M. de Kerisel? Au même moment, il s'approcha du wagon, très pâle, et monta sur le marchepied après avoir fermé la portière.

— Merci, mon cher comte, dit-elle en lui tendant la main par la glace baissée. Je reconnais là vos attentions et je suis sincèrement fâchée de vous quitter.

— Je ne vous quitte pas, répondit-il, et ses lèvres étaient tremblantes de fièvre. Je monte là, derrière. Je vais à Paris.

— A Paris? Vous êtes fou! et votre?...

— Taisez-vous! fit-il brusquement. Il est bien possible qu'en effet je sois fou. Mais vous m'avez dit à Naples: C'est ainsi qu'il faut qu'on m'aime.

Une cloche sonna. Un coup de sifflet déchira l'air. Ils étaient partis.

VIII

La Villa aux Mouettes est une des premières
que le chemin de fer longe, sur le territoire de
Cannes, avant d'arriver à la station de l'aristocratique et dédaigneuse rivale de Nice.

C'est une jolie construction de bois brun et de
briques rouges, dont des coins tout entiers dis-
paraissent sous un tapis de vigne folle, contre
l'envahissement duquel le sécateur du jardinier
a peine à défendre les portes et les fenêtres. Du
balcon rustique du premier étage abrité par
l'auvent du toit d'ardoise, au-delà de la ligne
ferrée où se termine le jardin, on a vue sur la

mer et sur les hauteurs, qui ferment, à gauche,
l'horizon, au-dessus de Villefranche.

L'enclos, d'étendue médiocre, bordé, tantôt de
palissades blanches, tantôt de murs de briques
crépis à la chaux et chaperonnés de tuiles rouges,
est un charmant fouillis d'orangers, de palmiers
nains et de rosiers couverts de fleurs. L'ensemble est d'une simplicité de bon aloi, d'une
distinction « unmistakable », comme disent les
Anglais. On sent que les gens qui l'habitent sont
là pour leur plaisir ou pour leur santé, et non
pour jouer au luxe criard, à la richesse aveu-
glante, comme les propriétaires voisins tout
fiers de penser qu'ils se lèvent, se promènent et
s'endorment dans une oasis cotée 120 francs le
mètre.

Aux approches de l'hiver de 1872, le baron de
Champdhivers, un vieillard à cheveux blancs,
était venu s'établir dans cette résidence jolie et
chaude, amenant avec lui une jeune fille de
dix-sept ans, pâle et mince comme une liane. Elle

portait le deuil de son père, tué à Reichshoffen
à la tête d'un régiment, et de sa mère, morte
après un an et demi de larmes.

Rien ne pourra jamais dépeindre la tendresse
de l'aïeul pour sa petite-fille.

— Ta mère t'aimait peut-être plus que moi,
lui disait-il souvent ; mais elle ne t'aimait pas
de tant de façons.

Deux fois dans sa vie, il avait senti son cœur
prêt à cesser de battre dans sa poitrine sous l'é-
treinte d'une douleur mortelle : le jour où la fin
glorieuse de son fils unique lui avait été an-
noncée, et, deux ans plus tard, quand le docteur G... lui avait dit un soir, à Paris, avec sa
rude franchise de grand médecin :

— Monsieur le baron, mademoiselle Madeleine ne se remet pas. En outre, je trouve plus
de ressemblance qu'il ne faudrait entre sa maladie et celle qui vient d'enlever madame de
Champdhivers.

— Mais ma pauvre belle-fille est morte de chagrin, tout le monde le sait.

— On ne meurt pas de chagrin; nous ne connaissons pas cette maladie-là. Seulement, quand on porte en soi le germe d'une maladie de poitrine, le chagrin la fait éclater et l'on meurt poitrinaire. C'est ce qui est arrivé à la baronne.

— Oh ! mon Dieu ! mais alors...

— Alors, monsieur le baron, il faut partir pour Cannes, et vous résoudre à y passer plusieurs hivers.

— Plusieurs hivers ! Est-ce qu'on ne sait pas ce que cela signifie quand vous dites, vous autres : Il faut partir pour Cannes ?

— Je vous donne ma parole d'honneur que votre petite-fille est menacée, mais rien de plus. Seulement soyez partis avant les premiers brouillards.

De ce moment, le pauvre vieux baron était redevenu jeune. En huit jours, sans sentir la fatigue, il avait tout arrangé pour une longue

absence et, moins de deux semaines après la
consultation du docteur, la Villa aux Mouettes
recevait ses nouveaux hôtes.

Jusqu'à vingt ans, Madeleine de Champdhivers
parut hésiter entre ce monde, déjà si attristé pour
elle, et l'autre, où des êtres chéris l'attendaient.
Enfin la santé l'emporta. Elle devint une grande
et forte jeune fille, tout en conservant dans sa
beauté mélancolique et grave je ne sais quoi de
la lumière mystérieuse du monde des âmes dont
elle avait longtemps contemplé le seuil. Avec
ses cheveux blonds naturellement crêpelés sur
un front éblouissant, ses yeux bleus largement ouverts, laissant lire la moindre pensée,
elle rappelait ces têtes de Vierge italiennes où
les grands maîtres idéalisaient, il y a trois siècles, tout ce qu'il y a de beau, de noble, de pur
dans la femme.

Lorsqu'il ne craignit plus de la voir prise par
la mort, son grand-père fut envahi par la terreur
secrète, continuelle, poignante, de la voir prise

par l'amour. Jamais, en embrassant son front
et en lui offrant la rose que, tous les matins, il
lui portait, le pauvre vieillard ne manqua de se
dire :

— C'est peut-être aujourd'hui qu'on viendra
me la demander.

On la demanda souvent, car elle avait autant
de fortune que de beauté et de naissance. Mais
elle adorait son grand-père et elle avait deviné
les craintes qui torturaient l'âme du vieillard.
Elle disait non, feignant parfois de le dire avec
une hésitation apparente, pour rire de l'insistance du baron qui se croyait obligé, en honneur, à prendre le parti du prétendant. On eût
dit le plaidoyer d'un avocat travaillant de son
mieux à faire condamner son client à mort.

— Allons, grand-père, disait-elle en l'embrassant, votre éloquence n'a pas atteint son but,
encore cette fois-ci. Répondez à ce pauvre monsieur que vous avez fait tout ce que vous avez
pu — n'est-ce pas, grand-père? tout ce que vous

avez pu — mais que vous possédez une petite-fille intraitable.

— Tout cela est bel et bon, disait le vieillard, cachant sa joie et affectant le calme raisonneur d'un tuteur de comédie, mais tu as vingt-trois ans et tu connais le proverbe : Mariez votre fils quand vous voudrez et votre fille quand vous pourrez. Enfin, c'est ton affaire, après tout. Je vais répondre à *ce monsieur*, comme tu l'appelles.

Et il se sauvait, comme s'il avait peur qu'on ne le rappelât.

Pauvre homme ! Ce fut lui qui dit un soir à sa petite-fille :

— Tu sais que la villa en face de la nôtre vient d'être occupée? mais devine par qui? Par les Kerisel, ma chère. Il paraît que la pauvre jeune femme est perdue. Nous irons les voir aujourd'hui, si tu veux.

— Oh ! grand-père, je n'aime pas beaucoup les connaissances qu'on fait ici.

— Mais, mon enfant, ce n'est pas une connaissance *d'ici*. Les Kerisel sont ce qu'il y a de mieux en Bretagne et le père de celui-ci était avec moi aux gardes du corps. D'ailleurs, notre voisin a une situation importante dans la diplomatie et peut être utile à ton frère, qui y débute. Et puis, ma petite Madeleine, ce que je te propose est une œuvre de charité. Songe donc à ce que c'est que de mourir poitrinaire !

Il frissonnait encore, le malheureux, en se souvenant de cette soirée où le docteur G... lui avait dit :

— Il faut partir pour Cannes.

Le lendemain, le baron de Champdhivers et sa petite-fille se présentèrent chez les Kerisel. Ils y retournèrent souvent ensemble ; puis Madeleine prit l'habitude de franchir seule l'étroite allée qui séparait les deux villas.

On sait le reste.

Lorsque Alain, devenu libre, eut demandé à mademoiselle de Champdhivers, alors âgée de vingt-six ans, d'être sa femme, elle raconta à son grand-père tout ce qui s'était passé entre eux.

— Alors, tu lui as demandé un an ? C'est long, mon enfant. Il peut se passer tant de choses en un an ! Quant à moi, d'ici là, je t'aurai peut-être laissée, mais je te quitterai tranquille ; Kerisel est l'homme qu'il te fallait. Que Dieu soit béni !

Le délai était passé et le vieux baron de Champdhivers n'avait pas quitté sa petite-fille. Il venait d'avoir quatre-vingt-cinq ans et, pourtant, sa haute taille était encore presque droite. Sur son visage, toujours soigneusement rasé, dans ses yeux gris, pleins de loyauté et de tendresse, quelquefois brillants de malice, on voyait encore luire dans son entier l'éclat de la lampe humaine si souvent obscurci à cet âge. Il ne disait plus maintenant : Un an, c'est trop long ! Un jour il avait essayé de faire comprendre à Madeleine qu'elle était bien jeune pour songer au mariage.

— Grand-père, lui avait-elle dit en l'embrassant, les larmes aux yeux, je vous jure sur la

7.

mémoire de mon père que nous ne nous quitte-
rons pas vivants. M. de Kerisel ne saurait me
demander cette chose impossible.

Cette promesse avait calmé le vieillard, mais
il n'avait pu s'empêcher de répondre d'une voix
si étouffée qu'on l'entendait à peine :

— Cela ne fait rien ; ce ne sera plus la même
chose.

Le 1ᵉʳ novembre, à huit heures du matin, il
était levé, comme toujours, et, une belle rose à
la main, il attendait l'apparition de sa petite-
fille, qui venait régulièrement, à cette heure
matinale, embrasser son grand-père et saluer
ses fleurs. Elle parut bientôt.

— Déjà tout habillée, mon enfant ? Est-ce que
tu vas sortir ?

— Non, grand-père ; mais j'attends presque
une visite ce matin. Le *Bassac* a pu arriver hier
soir à Marseille. L'express vient de passer, il
me semble ?

— Tu ne prends pas ta rose ? dit le vieillard,

les yeux pleins de tristesse. C'est peut-être la dernière que je te donne.

— Il ferait beau voir cela! Vous infidèle, grand-père! je partirais le lendemain. N'est-ce pas que vous serez content d'avoir des nouvelles de mon frère? M. de Kerisel l'a vu à Ceylan.

Elle savait bien que c'était le meilleur moyen de distraire son aïeul. Ils firent plusieurs fois le tour du petit jardin, parlant du jeune attaché.

— C'est ce mois-ci qu'Henri va se mettre en route, dit Madeleine. C'est si loin! Et il m'a promis d'être ici longtemps avant...

Elle se tut, rougissant un peu.

— C'est une vilaine carrière que la diplomatie, continua-t-elle. Toujours du changement! toujours des figures et des amitiés nouvelles! Je n'aurais jamais cru que mon frère acceptât d'aller au bout du monde. Et maintenant, il a l'air de s'en repentir. Je trouve ses lettres si tristes, si étranges depuis quelque temps! Mais, une fois revenu, nous ne le laisserons plus repartir, n'est-ce pas, grand-père? Ah ! décidément, le *Bassac* n'est pas arrivé hier soir. M. de Kerisel serait ici.

On sonna à la grille ; ils tressaillirent tous deux. Ce n'était que le facteur.

— Ah ! il m'a écrit par Naples, dit Madeleine, en lisant une des lettres qu'elle venait de recevoir. Il sera ici cette après-midi, sans doute. Les voilà cependant passés, ces deux ans ! Dites-moi, grand-père, vous ne me trouvez pas vieillie ?

— Je te trouve embellie, mon enfant.

— Oh ! mais vous, cela ne compte pas.

— Comment ! cela ne compte pas ! Un garde du corps ! Sachez, mademoiselle, que, du temps de la cour, les belles dames se préoccupaient moins de leur entrée dans le salon du roi que de leur passage sur l'escalier où nous faisions la haie. Quand elles étaient jeunes, nous leur chuchotions tout bas, comme cela : « Passez, beauté. » Et quand elles étaient mûres, nous leur disions : « Beauté, passez. » Mais elles avaient soin de ne pas comprendre.

Un nouveau coup de cloche se fit entendre. Cette fois, c'était l'employé du télégraphe, tenant son petit carré de papier bleu. La dépêche était adressée à Madeleine. Elle l'ouvrit d'une main légèrement tremblante et lut ce qui suit :

Cannes de Lyon, le 1ᵉʳ novembre 1881,
6 h. 50 du matin.

Obligé d'aller d'abord à Paris. Pardonnez-moi.

ALAIN.

— Eh bien ! il arrive ? dit le baron.

— Non, grand-père, il est en route pour Paris.

Et elle relut à haute voix le télégramme, sans savoir qu'entre ces deux papiers qu'elle tenait dans la même main, il y avait place pour son malheur. Cependant elle ressentit dans son cœur un déchirement qu'elle n'oublia jamais.

— Allons! te voilà devenue toute pâle. C'est très naturel, après tout, qu'il soit allé à Paris d'abord. De mon temps, quand les courriers de cabinet rentraient en France, ils ne prenaient pas même le temps de retirer leurs bottes avant d'aller chez le ministre.

— J'aurais voulu une lettre, quelques lignes, pour me dire quand il arrivera. Il doit y avoir du nouveau. Il m'avait toujours écrit que ses rapports étaient envoyés, son congé en règle et qu'il viendrait tout droit à Cannes.

— Mon Dieu! elle arrivera ta lettre, sois tranquille, tu l'auras ce soir. Ah! petite fille! comme vous aimez!

La soirée et la journée du lendemain se passèrent. Aucune lettre du comte de Kerisel ne parvint à la Villa aux Mouettes.

IX

A travers la nuit tranquille, sur les rails polis, brillant aux rayons de la lune comme deux rubans d'argent, l'express suivait sa course vertigineuse.

En femme qui sait voyager, Laura Mertvago avait baissé les stores du coupé transformé en boudoir. Sa femme de chambre avait ouvert le nécessaire de cuir de Russie, passé à sa maîtresse une robe de chambre et des mules de satin, enveloppé les cheveux d'un ample foulard, et sorti de son enveloppe l'oreiller de voyage en toile fine garnie de dentelles.

Sur la banquette capitonnée de drap gris, la
jeune femme s'était étendue, se plaignant des
miroirs du coupé, trop étroits pour qu'elle pût
donner à sa beauté le coup d'œil satisfait qui,
chaque soir, terminait sa journée. Le voile de
laine bleue était venu tamiser les rayons trop
vifs de la lampe; la femme de chambre s'était
assise, se faisant toute petite, dans le coin le
plus éloigné. Laura dormait souriante, dans le
vague parfum qui, doucement, se dégageait
d'elle.

Quatre voyageurs occupaient le compartiment
voisin. Trois d'entre eux, après le cigare obliga-
toire du départ, s'étaient roulés dans leurs couvertures et faisaient de leur mieux pour dormir
dans ce lit de Procuste, dont les constructeurs
de wagons ont perpétué les tortures et le modèle.

Le quatrième, assis comme un accusé sur son
banc, les bras croisés, la tête baissée, le chapeau
rabattu sur les yeux, cherchait, non pas à dormir

— il n'avait pas cette prétention — mais à ne pas penser. La fatigue morale et physique aidant, il y parvenait presque.

L'honneur, la raison, la conscience criaient au seuil de son âme épuisée. Il en avait fermé les portes, et il essayait de ne rien entendre. Sa volonté, cette volonté de fer qui était un défaut chez lui, pliait maintenant comme de la cire ; ou plutôt elle s'était retirée de son être qui ne pouvait plus vouloir. En ce moment, il n'allait pas vers un but. Il était entraîné ; il suivait cette femme, comme son wagon suivait la locomotive lancée à toute vitesse. Une chaîne le tirait, lui aussi.

Il ne *voulait* pas abandonner Madeleine. Celle-là, c'était l'avenir, et il ne songeait qu'au présent, c'est-à-dire à *l'autre*, à celle qui lui avait dit : Je suis la Reine des Naufrages. Et déjà il sentait la dévastation commencée. Jamais il ne s'était trouvé si vieux. Quarante ans ! plus de la moitié de la vie ! l'âge où les passions meurent !

Et lui, maintenant, commençait à connaître la passion !

Il maudissait son cœur trop jeune, épris d'idéal comme autrefois, dans les landes de Kerisel. Pourquoi n'avait-il pas, comme tant d'autres, épuisé les réalités de la vie ? Certes, il connaissait beaucoup d'hommes de son âge qui cherchaient encore le plaisir. Mais ils le trouvaient tranquillement, sans combats, sans trouble. Ah ! comme ils se seraient moqués en le voyant lancé follement à la poursuite d'une chimère où son désir osait à peine voir une femme !

Et pourtant, qui sait si elle n'aurait pas pris d'un regard ces êtres blasés ? Car elle ne ressemblait pas aux autres, ou plutôt elle résumait toutes les autres. Elle prenait un homme à la façon d'une armée victorieuse qui s'empare d'une ville, en y pénétrant à la fois par toutes les portes, et en les refermant contre tout secours venu du dehors.

Et cette femme était là ! il la touchait presque.

Bientôt il ferait jour et il la reverrait. Cette pensée lui faisait oublier le reste du monde. Ah ! comme il se serait plaint lui-même de mourir sans avoir connu ces ineffables angoisses !

A Lyon, le soleil se levait ; il sauta sur le quai. Une tête charmante, un peu pâlie par la fatigue, gracieusement encadrée dans les plis d'un foulard blanc se montra à la portière. Laura vit le comte et sourit, comme s'il eût été tout naturel qu'il fût là. Déjà, avec la naïve conscience de sa propre séduction, elle était habituée à le voir à ses pieds, elle oubliait qu'il appartenait à une autre.

— J'ai faim, dit-elle d'une voix traînante, comme celle d'un enfant qui se réveille. Faites-moi donner quelque chose.

Il revint bientôt portant lui-même un bol fumant. Il se tint sur le marchepied, admirant Laura pendant qu'elle buvait à petites gorgées, en faisant de ses lèvres une jolie moue pour souffler sur le consommé trop chaud.

— Merci, dit-elle, c'est délicieux. Et maintenant je vais dormir encore.

Soudain, derrière Kerisel, un voyageur s'in-
forma du télégraphe. Le télégraphe! mais lui
aussi devait envoyer une dépêche. On l'attendait
à Cannes, en ce moment même ; on comptait les
minutes ; on guettait l'approche du train. Il fallait dire quelque chose, trouver un moyen quelconque. Cette pensée le dégoûta de lui-même et,
durant une seconde, il ressentit en lui quelque
chose qui ressemblait à une lutte.

— En voiture, messieurs, en voiture! crièrent
les conducteurs du train.

La laisser partir sans lui! Il comprenait qu'il
l'aurait fallu, mais la chaîne était tendue et ce
vestige de volonté s'évanouit. Il courut au télégraphe. D'une main fiévreuse, il traça les mots
que le fil allait porter à Cannes. Il jeta une pièce
d'argent et s'éloigna rapidement, fuyant le regard du pauvre diable qui déchiffrait son écriture, comme si cet homme allait lui dire :

— Mais vous mentez, monsieur le comte !

La vertu, en ce monde, n'est pas seule à recevoir sa récompense. A Mâcon, la portière s'ouvrit encore. Madame Mertvago fit un signe ; il accourut.

— Voulez-vous changer de place avec ma femme de chambre? fit-elle. J'ai assez dormi, et j'ai envie de causer. Cette journée est si longue !

Il s'élança, radieux ; la portière se referma. Enfin, ils étaient seuls !

— Oui, causons, s'écria-t-il, presque à ses genoux. Mais, d'abord, laissez-moi vous dire combien je suis heureux! Vous avoir ainsi, pendant de longues heures, pour moi tout seul, c'est un rêve. Et quelle femme au monde, en m'abandonnant tout, me ferait goûter ce que j'éprouve en posant mes lèvres sur la peau tiède de votre gant! Je suis votre esclave, je mets tout mon bonheur à l'être. Maintenant, parlez, ma belle reine, je vous écoute et je vous aime.

— Mon esclave? combien de temps le serez-

vous ? N'est-ce pas moi, au contraire, qui suis
l'esclave que convoite votre fantaisie? ou plutôt,
je vous l'ai déjà dit, ne suis-je pas le nouveau,
l'inconnu, l'étrange, dont votre âme d'artiste et
de poète ne peut se passer? Vous dites que vous
m'aimez? Savez-vous ce que c'est que d'aimer
une femme comme moi, qui veut qu'on lui
donne tout, et ne veut rien donner en échange?

— Je ne vous demande rien. Il n'y a pas en ce
moment d'homme plus heureux que moi. Ma vie
ne serait pas assez longue pour vous remercier
de cette heure. Mais, sachez-le bien, je ne crois
pas que votre cœur se refusera toujours. Je vous
aimerai trop pour cela.

— Ah! comme vous oubliez cette femme dont
la cruauté vous effrayait, un jour de tempête!
Faut-il donc vous dire qu'il y a un homme qui
est mort, pour m'avoir aimée en vain, d'autres
qui souffriront toute leur vie? Si vous m'aimiez
comme vous le dites, combien vous seriez à
plaindre! Mais, heureusement, tout cela n'est

qu'un rêve et nous sommes des enfants tous les deux. O mon esclave! vous oubliez que votre fiancée vous attend à Cannes.

— Elle ne m'attend plus. Une dépêche vient de lui apprendre que je vais à Paris.

— Et après?

— Après! Je ne me suis pas demandé ce qui arrivera, madame.

— Eh bien! moi, je vais vous le dire. Jusqu'à Paris, j'accepte le compagnon charmant que... sa folie m'a donné. Mais, à la gare, nous redeviendrons sages, et le rapide de ce soir vous ramènera à Marseille. Deux nuits en chemin de fer, ce ne sera pas une punition trop forte pour votre escapade.

Le ton très calme et légèrement moqueur de ces paroles exaspéra Kerisel. Il abandonna brusquement la main de Laura, et lui dit en riant avec ironie:

— Comme vous vous faisiez tort tout à l'heure, madame! et comme je vous connais

mieux maintenant. Vous cruelle ! vous démon !
allons donc ! Vous êtes un ange que Virginie
absente aurait chargé de veiller sur Paul !

— Et Paul trouve. que l'ange prend ses fonc-
tions trop au sérieux. Oh ! comme les hommes
se ressemblent tous, tous ! Moi, je diffère, il me
semble, des autres femmes. Car si je peux
prendre les larmes, le sang, l'honneur d'un
homme, je ne puis supporter l'idée d'une
femme pleurant à cause de moi. Vous êtes tous,
pour moi, comme des ennemis. Vous torturer,
c'est une victoire. Mais, cette jeune fille que je
ne connais pas, pourquoi lui ferais-je la guerre ?
Et maintenant, mon cher comte, quittez ces airs
tragiques et, si vous ne voulez pas que je vous
renvoie, devenez un compagnon de voyage amusant.

Être amusant ! c'était facile à dire. Combien
d'hommes ont échoué auprès d'une femme pour
avoir cherché à la faire pleurer à l'heure où il
fallait s'oublier eux-mêmes et la faire rire !

Kerisel comprit qu'il fallait avant tout rendre courtes les heures de cette journée de wagon, la seule qui lui était donnée, pour en gagner d'autres. Il y réussit. Il eut ce rare talent d'oublier en apparence qu'il était amoureux ; il déploya cet esprit français dont raffolent les étrangères. Au buffet de Dijon, il se passa de déjeuner pour servir Laura comme une reine en voyage. Il descendit à chaque station pour aller lui chercher un fruit, un verre d'eau, une fleur.

— Mon Dieu ! disait-elle, comment ferai-je une autre fois pour voyager sans vous ?

Elle finit par lui parler longuement d'elle-même, de sa naissance sous le ciel de la Grèce, de son éducation d'Anglaise teintée d'Orientale. Elle passa rapidement, comme toujours, sur son mariage avec un homme très riche, mais elle s'étendit avec plaisir sur sa vie de Constantinople. Elle raconta, très simplement, le luxe de sa maison, la vogue de son salon fréquenté par les

8

ambassadeurs, ses succès de femme diplomatique. Elle s'anima en parlant des bals dont elle
était l'étoile, et où les jeunes secrétaires se disputaient ses valses, des fêtes organisées en son
honneur, des folies commises pour elle, même
de ses toilettes. En de semblables récits, les
heures passent vite pour une femme. Mais,
comme on approchait des fortifications, elle
s'aperçut que son compagnon ne l'écoutait
plus.

— Ne refusez pas ce que je vais vous demander, dit-il tout à coup, suivant la pensée qui le
préoccupait. Donnez-moi encore un jour. S'il
est vrai qu'il n'y a pas de fête sans lendemain,
accordez-en un à ce qui a été une fête dans ma
vie. D'ailleurs, il serait peu naturel que je fusse
venu à Paris sans y entrer. Dites-moi où je
pourrai vous voir demain.

— Je veux vous montrer qu'on gagne toujours
à m'obéir. Je vous verrai demain, mais où ?
voilà le difficile.

Elle réfléchit une minute, puis elle lui demanda :

— Connaissez-vous, par hasard, lady Abbott ?

— C'est une parente très éloignée, et je suis allé plusieurs fois chez elle, depuis qu'elle est redevenue Française par son établissement à Paris.

— Eh bien ! j'y passerai la soirée de demain.

— Moi, j'y serai de bonne heure, et je vous attendrai comme le lever de l'aurore.

— A demain donc. Et maintenant laissez-moi débarquer seule. Trop de gens vous connaissent ici, et je déteste les bavardages.

Le train était en gare. Ils se séparèrent.

X

Lady Abbott, Française de bonne naissance, avait été, quelques années après le départ des Bourbons, la jeune fille la plus à la mode du faubourg Saint-Germain.

D'une intelligence supérieure, d'une nature trop exaltée pour se contenter de l'existence inutile que la Révolution de 1830 imposait aux jeunes membres de l'aristocratie d'alors, elle avait refusé de faire un choix parmi les nombreux partis qui se disputaient sa main. Puis, un beau jour, on avait appris qu'elle épousait le cadet d'une famille du *peerage* d'Angleterre.

8.

Dans un voyage qu'elle avait fait avec son père de l'autre côté du détroit, sir Richard Abbott, un marin, l'avait remarquée et s'était fait aimer d'elle.

Avec le temps, il était devenu amiral et, depuis deux ans, une surdité presque complète l'avait forcé à quitter la mer. Abandonné à lui-même, le vieux marin se serait cherché une résidence à Londres, dans le voisinage de l'*Army and Navy club* ; mais, soumis, comme les premiers jours de leur mariage, aux désirs de sa femme, il était venu s'établir à Paris, qu'il aimait, d'ailleurs, autant que sa chère Cary détestait l'Angleterre. Elle ne l'avait guère habitée, à vrai dire, car, durant quarante ans, elle avait suivi son mari dans les cinq parties du globe, et il n'y avait certainement pas, au monde, de femme qui eût autant voyagé. Maintenant, les vieux époux restés sans enfants, mais aussi unis que jamais, ne devaient plus songer qu'à un seul voyage dont ils attendaient tranquillement l'heure dans un appartement de la rue du Bac.

Ainsi, les derniers jours de celle qui avait été la belle Caroline s'écoulaient au lieu même où sa jeunesse avait été entourée d'hommages. Son salon, dont l'âge l'obligeait à entr'ouvrir seulement les portes, était un des plus curieux de Paris. Presque chaque soir on était sûr d'y trouver des habitants de chacune des rives de la Manche, mais toujours du meilleur monde. Aussi pouvait-il prétendre au titre dont on abuse trop facilement de salon diplomatique, tant il servait habituellement de trait d'union entre le palais du quai d'Orsay et l'ambassade du faubourg Saint-Honoré. Enfin l'on y voyait souvent des étrangers de toutes les parties du monde que l'amiral avait visitées, surtout des habitants du Levant où il avait fait, en compagnie de sa femme, de longues stations.

Les conversations que l'on entendait là étaient, comme il faut s'y attendre, d'un genre particulier et exotique. Les cancans de Constantinople, les anecdotes d'Yokohama ou de Shangaï, les scandales d'Alexandrie, les mariages en train de se faire ou de se défaire à Athènes, revenaient plus souvent dans l'entretien que les aventures parisiennes ; on se serait cru parfois sur le pont d'un paquebot, ce lieu par excellence de la causerie.

Si l'on ajoute à cela que lady Abbott se distinguait, outre son esprit fin, cultivé et sérieux, par une mémoire citée partout comme phénoménale, on comprendra qu'elle connaissait à elle seule plus de gens et savait plus d'histoires que toutes les dames réunies du corps diplomatique en résidence à Paris.

Par un de ces hasards que les amoureux mettent des heures à combiner (sans cela, à quoi se passerait leur temps, les pauvres !), Alain de Kerisel achevait de quitter son pardessus dans l'antichambre de l'amirale quand madame Mertvago y parut à son tour. Il lui fit, silencieusement, cette inclination, dévote à force d'être respectueuse, qu'elle aimait en lui et, sans permettre au valet de pied de toucher aux vêtements de la jeune femme, il s'avança pour recevoir la longue mante qui cachait sa toilette. Elle apparut en robe décolletée de satin noir, d'où sortaient les plus belles épaules du monde. Au cou, un large ruban rouge soutenant un émail oriental, et c'était tout. Ceux qui connaissent Laura savent qu'elle déteste les bijoux et que la pointe d'un acier barbare n'entama jamais le lobe rose de ses oreilles.

Alain la regardait, tandis qu'elle s'attardait devant la haute glace à faire tomber régulièrement sur son front la frange brune de ses cheveux. Maintenant il trouvait en elle non plus seulement la séduction foudroyante, le charme étrange, inexpliqué, dont il était la victime. Il y trouvait la beauté civilisée, une beauté originale, mais exquise, et surtout cette harmonie parfaite de la personne entière dont c'est la gloire des modes d'aujourd'hui de révéler la perfection.

On dirait que l'air de Paris, — c'est pour cela, sans doute, que les femmes aiment tant à le respirer, — a le don d'embellir. Qui n'a constaté le changement qui s'opère chez la plus jolie, la plus soignée, la plus élégante, lorsque, après une longue absence, elle a retrouvé, pendant quelques heures seulement, cette magique atmosphère ?

— Quelle bonne surprise ! dit lady Abbott en s'avançant à la rencontre de madame Mertvago. Je savais que vous vous promeniez en Égypte, mais on n'annonçait point votre présence à Paris.

— J'y suis depuis hier seulement, madame, et ma première visite vous était due, à vous, qui avez été si bonne pour moi, jadis, à Constantinople.

— Eh ! quoi ! vous aussi ! monsieur de Kerisel, s'écria l'amirale en apercevant le comte. Vous voilà revenu de Chine ! Mais d'abord, que je vous présente à ma charmante amie !

— C'est déjà fait, dit Alain ; j'ai eu l'honneur de traverser la Méditerranée sur le même bateau que madame.

— Permettez-moi de dire que je vous en félicite tous les deux. Eh ! bien ! monsieur le futur ambassadeur, Paris va-t-il vous garder quelque temps ? Ah ! pardon ! j'oubliais Cannes. On s'y porte bien, j'espère, et on doit y être fort heureux. Quant à vous, ma belle, votre programme est connu d'avance. Quinze jours ici pour vos robes, et en route pour l'Angleterre où vous réclament je ne sais combien de *dears*, oncles, tantes, cousins et cousines.

— C'est à peu près cela, madame. Cependant j'espère que ma couturière sera très longue et me demandera plus de quinze jours. Il y a si longtemps que je n'ai vu le *dear* Paris !

En apercevant la nouvelle venue, sir Richard Abbott poussa, du fond de son grand fauteuil, une exclamation de joie.

— Comment, Laura ! vous ici ! Voilà une fa-

meuse surprise, vraiment! Asseyez-vous bien
vite là ; prenez l'embouchure de mon tube
acoustique et racontez-moi beaucoup de choses.
Vous pouvez parler presque bas, tant cette machine est parfaite, et même me faire une déclaration sans que mylady nous entende. Mais
c'est moi qui vais vous en faire une : vous êtes
superbe, positivement superbe. J'ai toujours dit
à votre mère... A propos, elle va bien, la chère
femme ?

— Bien, cher amiral, et elle m'a tant chargée
de vous parler d'elle !

— Je lui ai toujours dit, quand vous étiez encore une petite fille avec des épaules carrées et
de grands bras : Cette enfant sera aussi belle que
vous.

— Et vous vous êtes trompé. Ma mère a été
cent fois plus belle que moi.

— Plus régulièrement, et tout l'Orient s'en
souvient encore. Mais c'était une beauté un
peu froide ; tandis que vous, vous êtes ce que

nous appelons *a taking Beauty*. Maintenant parlez-moi de vos sœurs, de vos beaux-frères. Toujours à vos pieds, je pense ? Mais qui diable n'y était pas ? Je ne vous dis rien de votre sacripant de mari ; je sais que c'est défendu. Votre mère était cependant une maîtresse femme, mais, dans cette occasion !...

Au bout de vingt minutes de conversation avec le charmant vieillard, Laura céda à un autre visiteur le cornet en argent ciselé du porte-voix. Elle s'assit à quelque distance et désigna à M. de Kerisel, du bout de son éventail, un fauteuil vide près du sien. Le comte accourut. Pas un instant, même lorsqu'il paraissait absorbé dans la conversation la plus animée, son regard n'avait quitté celle qui l'appelait.

— Asseyez-vous là, dit-elle, charmant causeur, et causons encore ce soir, puisque demain ce sera fini.

— Celui que vous daignez nommer ainsi n'existe plus, madame. On n'a déjà plus guère

d'esprit quand on aime et qu'on est heureux.
Comment pourrait-on en avoir quand le cœur
est pris et souffre une torture comme la
mienne?

— Avouez que vous regrettez maintenant de
m'avoir rencontrée.

— Non! je ne regrette rien. Vous aurez gravé
dans mon cœur non pas un portrait, mais toute
une série d'adorables images qui le remplissent,
et parmi lesquelles, suivant les heures, mon souvenir pourra faire un choix. Que parlez-vous de
regrets? Le bonheur de ma vie sera de vous
avoir connue.

— N'oubliez pas, surtout, avec quelle confiance je vous ai ouvert mon âme. Il y a
maintenant huit jours que votre nom m'était
prononcé pour la première fois. Pourquoi vous
ai-je révélé des choses que tout le monde ignore?

— Parce que la destinée nous poussait l'un
vers l'autre. Et croyez-vous qu'elle nous a
réunis si vite pour nous séparer à jamais? Cette

voix intérieure qui ne trompe pas me dit le contraire. Je sens que l'avenir ne fait que commen-
cer pour nous. Et si mes lèvres pouvaient vous
dire : Adieu ! elles mentiraient, car mon cœur
vous dit : Au revoir !

— Au revoir, peut-être, dans un salon comme
celui où je vous parle. Mais nos belles soirées
du *Bassac* en face de cette mer idéale ! Il y a des
choses qui ne se recommencent pas dans la vie,
dit Laura avec un soupir; et c'est dommage.
Oh ! tenez : ce n'est pas vous qui êtes à plaindre.
Vous n'êtes pas condamné à vivre seul.

— Comme vous avez l'air sérieux l'un et
l'autre ! dit lady Abbott en venant s'asseoir en
face des deux interlocuteurs.

— M. de Kerisel m'entretenait de son futur
mariage, madame, dit la jeune femme, en
voyant qu'Alain tardait à répondre. Un mot dit
par vous tout à l'heure m'a fait voir que ce n'est
pas un secret pour vous.

— Je crois bien ! Vous ignorez qu'il est mon

parent et qu'il va le devenir deux fois. Le baron
de Champdhivers et moi sommes cousins, et
j'espère bien, monsieur, que vous m'amènerez
avant peu sa petite-fille.

— La future comtesse de Kerisel est mademoiselle de Champdhivers? demanda Laura,
dont les traits et la voix changèrent subitement.

— Allons! bon! voilà que j'ai été indiscrète!
fît la vieille femme. Connaissez-vous les Champdhivers, ma chère amie?

— De nom, oui, madame. Un attaché d'ambassade de ce nom a été à Constantinople.

— Ah! c'est vrai, s'écria lady Abbott dont les
joues ridées rougirent malgré l'âge. J'avais oublié. Mais parlons de vous, chère belle. Vous
savez que je veux vous voir bêaucoup, et, comme
cette soirée ne compte pas, je vous prie de venir
partager demain notre dîner d'infirmes. Voyons;
quel convive masculin voulez-vous que j'invite
pour compléter la partie carrée?

Laura songea durant quelques minutes,

comme si sa pensée eût été bien loin. Puis ses yeux brillèrent d'une lueur étrange et, avec un visage qui rappelait à Alain celui qu'elle avait pendant la tempête :

— Mon Dieu, madame, dit-elle, si M. de Kerisel est libre demain soir, il me semble que votre deuxième convive est indiqué.

Alain demeura confondu. Il ne pouvait en croire ses oreilles. C'était elle qui lui disait de rester ! Et elle le lui disait presque durement tandis qu'elle était émue, tout à l'heure, en lui rappelant qu'il devait partir. Pourquoi ce changement subit, cette faveur singulièrement accordée? Il remerciait Laura du regard, mais, maintenant, elle semblait étrangère à ce qui se passait autour d'elle. Son visage n'était guère celui d'une femme qui veut être bonne et attend un remerciement.

Mais, après tout, qu'importait? Ce qui était certain c'est qu'il devait la revoir. C'était encore un jour de gagné et, déjà, il s'habituait à né pas voir au-delà du lendemain.

Presque aussitôt madame Mertvago se retira ; Kerisel la suivit de près.

— Ce diplomate, dit quelqu'un, ne doit pas donner aux étrangers une haute idée de la gaieté française.

— Bah ! répondit un jeune homme, les clichés nationaux ont fait leur temps. Connaissez-vous à Paris un pied plus petit que celui de la femme qui vient de s'en aller? Et cependant on dit qu'elle est Anglaise de naissance.

XI

Lord D.... disait qu'il aimait mieux avoir tout le corps diplomatique à sa table que de recevoir à dîner la belle madame Mertvago.

Ce n'est point *un gourmet*, mais une gourmande, et de l'espèce la plus redoutable : la gourmande simple. Elle a un bon estomac comme elle possède un pied célèbre et un bras digne d'un sculpteur. D'un bout à l'autre de sa personne, la nature l'a créée parfaite et bien peu semblable à ces créatures élégantes dont le buste dissimule, sous les chefs-d'œuvre de Worth, des organes ravagés par la dyspepsie.

Une erreur trop commune consiste à croire que les estomacs faibles ou malades sont les plus difficiles à satisfaire. Rien de plus aisé, au contraire, que de les séduire au moyen d'une sauce compliquée ou violente, de les égarer par une association hardie de choses disparates et contraires, de les éblouir, quelquefois, tout simplement par la sonorité d'un nom nouveau, heureusement trouvé. En cuisine, comme en politique, les mots jouent un grand rôle. Le jour où l'on aura inventé le moyen de servir les plats vides, la comparaison sera complète.

Avec Laura Mertvago, n'essayez rien de semblable. Elle choisit ses mets comme elle choisit les étoffes de ses costumes : solides, mais tout ce qu'il y a de mieux dans le genre. Ses goûts sont simples, mais d'une sévérité impitoyable. Rien ne lui échappe; ni le beurre arrivé en retard d'un train, ni la poularde sortie quelques jours trop tôt de la mue de l'éleveur, ni le perdreau cherchant à dissimuler son origine étrangère sous les allures d'un enfant de la Beauce.

Mais aussi, quelle joie de la voir manger, et comme on comprend l'épithète — un peu trop réaliste, peut-être — qu'osa lui donner un homme d'État français qui dînait à côté d'elle !

. Le dîner de lady Abbott fut digne de la jeune femme dont elle connaissait les goûts, et qu'elle traitait, comme la traitait tout le monde : en enfant gâté. On se mit à table dans les meilleures dispositions. Sir Richard Abbott, privé, pendant les repas, de son cornet acoustique, s'en consolait en buvant et en mangeant comme au temps où il était midshipman. Quant à la maîtresse de maison, toujours charmante d'esprit et de grâce, malgré son âge, elle donnait l'exemple de la belle humeur ; Alain et madame Mertvago faisaient assaut de gaieté, de mots amusants et de verve. Mais, entre ces convives si satisfaits en apparence, une chose manquait visiblement : le naturel.

L'entrain de la jeune femme était violent, ner-

veux, heurté. Souvent le rire d'Alain sonnait
faux et son esprit avait quelque chose de labo-
rieux, de voulu, de cherché, comme s'il eût été
moins porté à parler qu'à se taire. Quant à lady
Abbott, certains mots qu'elle avait entendus la
veille la rendaient circonspecte. Diplomate, elle
aussi, elle ne prononça pas une seule fois le
nom de Champdhivers, ne fit aucune allusion
au mariage de M. de Kerisel, écouta beaucoup,
regarda davantage, et ne fut pas longtemps sans
voir qu'Alain était complètement sous le charme
de madame Mertvago.

Elle avait conservé des premiers jours de son
mariage l'habitude de faire part à son mari de
tout ce qui la préoccupait, et rien n'était plus
touchant que de voir ces époux en cheveux
blancs lutter entre eux de confiance, de courtoisie, de tendresse.

— Richard, dit lady Abbott, quand ils furent
seuls, mon dîner de ce soir a été une bêtise.

— Une bêtise, en vérité, Cary? Et pourquoi

donc, s'il vous plaît ? La seule que vous ayez jamais faite, à ma connaissance, a été de m'épouser, et, franchement, je ne puis vous en blâmer.

— Je parle sérieusement, je vous assure, et je regrette fort d'avoir invité M. de Kerisel, ce soir.

— Vous aurait-il fait la cour, par hasard ? Il ne serait pas le premier et j'y suis bien habitué depuis quarante-cinq ans, ma chère femme.

— Il n'a fait la cour à personne en apparence, mais, ou je n'y vois plus clair, ou il est amoureux fou de Laura.

— Lui, Cary ! comment cela pourrait-il être ? il est engagé à une petite-nièce à nous, ou quelque chose d'approchant.

— Ah ! quel Anglais incorrigible vous êtes, Richard ! Engagé ! et après ? il n'est pas même français, ce mot qui veut tout dire, chez vous.

— Bah ! cette petite sirène tourne la tête à tous ceux qui l'approchent ; mais elle s'en soucie comme une frégate à vapeur d'un banc de sardines.

— Ordinairement, c'est vrai; mais, cette fois-ci, elle a l'air de s'en soucier un peu trop. '

— Je ne l'ai pas remarqué. D'ailleurs Laura sait que Kerisel n'est pas libre, et elle n'est point femme à envoyer des boulets là où flotte le pavillon neutre. Et puis, d'après ce que vous m'avez raconté de ses propres affaires avec ce jeune fou...

— Oui; tout le monde dit qu'elle n'a jamais eu un regard pour un autre homme et qu'elle est inconsolable de son départ. Mais moi j'ai des yeux qui ne me trompent pas, et je gagerais que M. de Kerisel — qui devait se rendre directement à Cannes — est ici pour suivre cette petite Mertvago.

— Mon Dieu ! Cary, comme on voit bien que des légions d'amoureux vous ont poursuivie vous-même ! Mais vous oubliez que celui-ci a quarante ans, que c'est un homme de la plus haute valeur et non pas un de vos freluquets qui donnent la chasse au premier jupon qui se laisse voir sous le vent. Enfin, après tout, voulez-vous que je vous dise? Eh bien! qu'est-ce que cela peut nous faire?

— Comment! ce que cela peut faire? Voyez-vous les Champdhivers apprenant que celui qu'ils attendent à Cannes soupire dans mon propre salon, que dis-je! à ma propre table, pour une belle étrangère? Le baron ne me le pardonnerait pas. Et supposez, pour couronner le tout, qu'on apprenne l'autre histoire. Ce serait complet, n'est-ce pas?

— Tenez, Cary; parlons sérieusement. En somme il y a beaucoup de vrai dans ce que vous dites, et, si vous voulez un conseil, voici le mien : Ne les invitez plus, mais ne parlez de rien, ni à eux, ni à personne. Laissez les affaires s'arranger toutes seules et elles s'arrangeront, vous verrez. J'ai remarqué toute ma vie que les choses finissent toujours par se débrouiller quand on les laisse aller toutes seules.

— Dieu vous entende, mon cher mari; mais il y a des secrets du cœur humain bien difficiles à comprendre.

XII

Pas plus que lady Abbott, Alain de Kerisel ne
pouvait s'expliquer ce qui se passait. Mais lui
ne cherchait pas à comprendre. Maintenant
Laura ne lui disait plus de partir; il la voyait
presque chaque jour. Que pouvait-il désirer de
plus? Il est vrai qu'il l'entretenait rarement
seule. A l'hôtel Meurice, qu'elle habitait, il
n'était jamais reçu que dans le parloir commun
où, sans cesse, des étrangers allaient et venaient.
Elle avait toujours refusé de l'admettre dans son
appartement.

— Non, disait-elle; je ne veux pas vous faire

entrer dans un salon plein de malles ouvertes et encombré de chiffons.

Cependant, chaque jour, sa confiance en lui augmentait et, souvent, elle lui en donnait des preuves.

Un soir, il l'avait trouvée remontant dans son coupé, vers la nuit tombante, à la porte d'un magasin. Pendant quelques instants, il lui avait parlé à la portière, se plaignant de ne pas la voir davantage, elle pour qui il oubliait tout le reste du monde. Elle l'écoutait sérieusement, comme toujours, quand il lui tenait ce langage, car elle dédaignait ces ricanements que les coquettes ordinaires se croient obligées d'appeler à leur aide en pareil cas.

— N'avez-vous rien à faire maintenant ? lui demanda-t-elle soudain.

Il sourit pour toute réponse.

— Eh bien ! montez dans ma voiture, et dites qu'on nous conduise au Bois.

Comme il se répandait en remerciements, en exclamations de joie :

— Ne me remerciez de rien, dit-elle. J'ai besoin d'air et je ne suis pas de force à me promener seule une heure. Comprenez, une fois pour toutes, que je suis très égoïste; ne me remerciez pas de ce que je fais pour moi et non pour vous.

Ils remontèrent les Champs-Élysées où les deux rangées lumineuses du gaz qu'on allumait descendaient de l'Arc-de-Triomphe, comme deux ruisseaux de feu venant rejoindre le lac embrasé de la clarté de Paris.

Alain tenait, en la serrant à peine, une des mains de la jeune femme et la portait souvent à ses lèvres. Le parfum de Laura le troublait jusqu'à l'enivrer, mais il n'était pas homme à s'oublier dans une circonstance pareille, et elle le savait bien. Il était de ceux qui exagèrent le respect pour la femme, moins, peut-être, à cause de la courtoisie de leur éducation que par la délicatesse d'un raffinement voluptueux. Ainsi, les vrais gourmands ne veulent toucher qu'avec un couteau d'or le fruit s'épanouissant à leur portée.

Aux Acacias, Laura fit arrêter et, prenant le bras du comte, ils commencèrent à marcher d'un bon pas, suivis à trente mètres par la voiture.

Après l'éblouissement et le tumulte de l'avenue, le Bois leur paraissait délicieusement désert et sombre. Une tiédeur humide montait du sol et les massifs dépouillés leur envoyaient une odeur lourde et grisante de feuilles sèches à demi fermentées. C'était un silence qu'ils sentaient d'autant mieux que le bruit les environnait. Devant eux, sur le côteau de Suresnes, le roulement d'un train grondait comme un tonnerre, tandis que les hurlements des chiens du Jardin d'Acclimatation semblaient l'aboi formidable d'une meute galopant derrière eux. Très loin, à la grille de la Muette, le cornet à bou-

quin d'un tramway répétait sa note criarde,
aujourd'hui l'une des voix de Paris.

— Comme il y a, dans la vie, des contrastes
adorables! disait Alain. Ce bois me fait souvenir de la dernière forêt que j'ai visitée. C'était à
quatre mille lieues d'ici. J'y ai passé plusieurs
nuits, seul, au milieu d'hommes à demi sau-
vages qui ne pouvaient me comprendre, étourdi
par les odeurs des plantes de là-bas, bercé par
ce bruissement vague, mais immense, d'une nature où la vie déborde. Quelquefois j'étais réveillé
par la voix d'un tigre en maraude, et je voyais,
quand j'ouvrais les yeux, les arabesques de feu
des lucioles qui voltigeaient sur ma tête. Alors,
mon cœur battait d'admiration et je ne pensais
pas retrouver jamais de soirée semblable. Mais
celle-ci est cent fois plus enivrante.

— Pourquoi vous taisez-vous, mon cher poète?
Continuez à rêver tout haut. J'aime à vous entendre.

— A vous seule, vous me rendez toute cette

poésie. Quels parfums approchent de celui qui
s'échappe de vous et que je bois à longs traits?
Quel bruit plus harmonieusement doux que
celui de la soie qui vous enveloppe? Quelle
clarté comparable à l'éclat de vos yeux qui
brillent dans l'ombre? Et la merveille la plus
grandiose fera-t-elle jamais battre mon cœur
comme il bat au contact de votre petite main
appuyée sur mon bras? Oh! chère beauté que
mes rêves n'avaient pas entrevue, comme je
vous admire et comme je vous aime!

Ils marchaient lentement, silencieux l'un et
l'autre. Laura s'appuyait, comme abandonnée,
au bras de son compagnon, mais sa pensée
semblait s'envoler au loin. Tout à coup elle
frémit et parut sortir d'un rêve.

— Maintenant, marchons pour tout de bon,
dit-elle.

Et son pas devint cadencé et rapide, à tel
point que c'est elle qui semblait entraîner Kerisel.

— Vous avez toutes les qualités et toutes les grâces opposées, dit-il en souriant. Tantôt vous rappelez l'indolence séduisante de l'Orientale, tantôt vous êtes agile et souple comme Diane aux pieds légers.

— Quelle manière charmante de dire que je marche comme un facteur! Ne croyez pas que cela m'amuse, mais c'est un régime.

— Votre santé s'en trouve trop bien pour qu'on le blâme.

— Oh! s'il ne s'agissait que de ma santé, je crois que ma paresse naturelle l'emporterait.

— Diane craint-elle, par hasard, de prendre, avec Junon la majestueuse, un peu trop de ressemblance?

— Non, mais... comment vous dire cela? Vous savez ce que les sculpteurs admirent surtout dans la grande marcheuse dont vous parliez tout à l'heure?

— La jambe de Diane! Ah! je devine. Mon Dieu! Comme vous êtes femme!

— Que voulez-vous? Je ne ressemble pas à vos Parisiennes : il faut en prendre votre parti. Mes yeux se sont ouverts trop près des ruines des gymnases de la Grèce pour que les idées païennes sur la beauté physique ne se retrouvent pas en moi. Aussi, chaque après-midi, je marche et, chaque matin, je fais des haltères. N'est-ce pas que cela vous étonne?

— Non; rien ne m'étonne de vous. Il me plaît de vous voir ainsi fière de vous-même, amoureuse de votre propre beauté.

— Je l'aime, non par une sotte vanité, mais parce qu'elle est ma puissance. C'est une couronne devant laquelle tout le monde s'incline et qui me fait traverser la vie comme une reine dont tous les désirs sont obéis. Si je n'étais pas belle, seriez-vous ici ce soir?

— Qui sait? Vous vous êtes emparée de moi au premier moment où je vous ai rencontrée et, cependant, je vous ai à peine vue ce soir-là. Je n'aurais pu dire si vous étiez belle, et c'est seulement maintenant que je commence à comprendre combien vous l'êtes.

— Vous croyez l'avoir compris? dit-elle avec un sourire indéfinissable qu'elle avait seulement quand elle s'oubliait, et qui la rendait la plus provocante des femmes.

Elle revint à elle en sentant le bras d'Alain frémir sous le sien.

— Remontons en voiture et rentrons, dit-elle. J'ai assez marché ce soir.

Ils revinrent au grand trot, perdus dans leurs pensées, presque sans se parler. Au bout de dix minutes ils se séparaient sur la place de la Concorde.

Peu de jours après, comme Laura se plaignait de l'ennui qu'elle éprouvait à manger souvent seule, Kerisel lui dit :

— Eh bien! réunissons nos deux solitudes et accordez-moi la faveur de vous donner un soir à dîner chez Bignon.

Elle le regarda quelques secondes, sans répondre, d'un air de hauteur qui valait beaucoup de paroles.

— Madame, s'écria-t-il, mécontent de ce qu'il lisait dans les yeux de la jeune femme, vous pouvez refuser ma prière ; mais vous n'avez pas le droit d'oublier par qui elle vous est faite.

— Eh bien ! dit-elle, subitement calmée, j'irai demain. Mais c'est un ami qui m'invite, n'est-ce pas ? Si vous saviez quel plaisir j'aurais à dîner avec un bon camarade qui ne me ferait point la cour , qui ne me dirait pas qu'il m'aime, qui me laisserait être gourmande à mon aise, sans distraction ! C'est si difficile de trouver cela !

— Je vous donne ma parole que je serai cet ami, que j'oublierai que je vous aime ou, du moins, que vous pourrez l'oublier. C'est comme une trêve jurée entre nous pour toute cette soirée.

— C'est bien, et, si vous faites cela, peut-être que je recommencerai cette folie.

Le lendemain, comme sept heures et demie sonnaient, le coupé de Laura s'arrêtait à la porte de derrière du fameux restaurant, où Kerisel l'attendait. C'était un trait distinctif de cette femme si peu semblable aux autres. Autant elle se souciait peu d'être exacte avec une amie, autant elle poussait à l'excès la ponctualité dans ses rendez-vous avec un homme.

— Se faire désirer en pareil cas, disait-elle en riant, c'est comme mettre du rouge à ses lèvres ou du noir à ses yeux. Il faut laisser cela aux laiderons qui en ont besoin.

Ils entrèrent ensemble dans le petit salon éclairé pour les recevoir ; lui, en habit noir, avec sa brochette, comme pour aller à la cour ; elle, tout entortillée de satin noir et de dentelles.

Le menu fut bientôt dressé. Pas de bisque, pas de truffes, pas de champagne. Aucun plat « de restaurant », mais seulement deux ou trois de ceux que les restaurants n'aiment point à

10

faire, parce qu'ils rendent toute médiocrité fla-
grante et tout déguisement impossible.

— C'est comme un corsage sans garniture, dit
madame Mertvago, répondant à la remarque
d'Alain ; il n'y a pas moyen de tricher.

Quand le maître d'hôtel et le sommelier se
furent retirés, emportant les ordres, elle s'approcha de la cheminée, et, s'adressant à Alain :

— A présent, venez me débarrasser de tout
cet attirail.

Alors, dans l'élégant réduit, éclairé à profu-
sion par les candélabres chargés de bougies,
elle apparut toute rose, de ses mules de satin à
la plume de sa coiffure, dans un nuage de
dentelle et de soie. Elle était belle à étourdir un
anachorète, et, dans la grande glace, elle se
sourit à elle-même sans plus de contrainte que
si elle eût été seule.

Alain, muet, un peu pâle, la considérait d'un
visage grave, recueilli, presque dur. Ce fut cette
minute qui décida de sa destinée. Jusqu'alors il

s'était laissé entraîner au courant sans se demander où le flot pouvait le conduire. Maintenant il
voulait cette femme, et il se jura qu'elle serait à
lui envers et contre tout. Mais il se jura aussi
qu'il ne laisserait pas échapper un mot d'amour
ce soir-là et qu'il tiendrait sa promesse. Comme,
un jour ou l'autre, il se dédommagerait !

— Eh bien ! monsieur de Kerisel, dit Laura,
est-ce l'admiration ou la faim qui vous rend ta-
citurne, vous qui n'êtes pas à court de jolies
choses, habituellement?

— Ce soir, je suis « un ami », et les « jolies
choses » me sont interdites, madame.

— Mais un ami peut me dire s'il aime cette
toilette qui fait ce soir son entrée dans le
monde.

— Cette toilette ! je la déteste. Elle m'annonce
que vous allez me quitter bientôt pour aller
éblouir d'autres yeux que les miens.

— Voilà ce qui vous trompe. Je ne vous quitterai que pour rentrer chez moi, si vous êtes

capable de m'amuser jusqu'à l'heure où je m'endors.

— Quoi ! dit-il tout ému, comme en présence d'une faveur royale, vous me donnez toute cette soirée, et c'est pour moi que vous êtes si belle !

Le maître d'hôtel venait d'entrer et, flanqué de deux aides, froids et corrects comme lui, il servait la croûte au pot fumante sans avoir, une seule fois, levé les yeux jusqu'aux visages des deux convives.

Laura se mit à manger avec son bel appétit de femme bien portante, heureuse de vivre. Son compagnon n'était guère occupé qu'à la regarder. Il la servait d'une main qui tremblait un peu, avec la galanterie réservée d'un mari du grand monde, épris de la femme qu'il a épousée la veille. Cependant il causait, comme on cause chez soi, devant les allées et venues des gens. Parfois, il oubliait de finir ses phrases.

Le dîner, irréprochable, était terminé. Sur la nappe étincelante on ne voyait plus que la microscopique cafetière d'argent et la fiole de marasquin à l'enveloppe de jonc tressé. Laura s'approcha de la cheminée et, s'asseyant dans un fauteuil bas, exposa à la flamme son pied charmant dont l'attache exquise se laissait voir hors des dentelles, moulé dans le réseau nacré de la soie.

Alain la suivit machinalement, sans même s'apercevoir qu'il changeait de place.

Depuis quelque temps, il ne parlait plus et, sur sa physionomie, on lisait une expression de lutte suprême. A pas lents, sans la regarder, il s'approcha de la jeune femme qui, de son côté, semblait ignorer sa présence. Arrivé près du fauteuil où elle était étendue, il s'agenouilla, prit la petite main qui disparaissait à moitié dans le flot de satin et de dentelles et, courbant son visage sur cette peau parfumée, il resta immobile, silencieux, adorant.

Elle n'avait pas fait un mouvement, se sentant mieux gardée par l'amour passionné de cet

10.

homme prosterné devant elle que par l'escorte la plus nombreuse. Jamais on ne l'avait aimée de cette façon, et cette imploration muette, qui attendait tout, en ne demandant rien, la troublait d'une façon qui la surprenait elle-même.

D'une voix très douce, et qu'elle ne put parvenir à rendre moqueuse, elle lui dit :

— Eh bien, mon cher *ami*, il me semble que vous ne tenez pas très bien votre parole, en ce moment.

Il releva lentement la tête. Son visage était à la hauteur de celui de Laura ; ses lèvres touchaient presque l'oreille très rose de la jeune femme ; ses yeux pouvaient compter les veines bleues courant sous l'épiderme d'une poitrine aussi délicatement modelée que celle d'une jeune fille. Un parfum qui était celui de la femme, et non pas l'essence d'un flacon, l'enveloppait d'effluves si lourds qu'il lui semblait voir diminuer la clarté des bougies.

— Vous trouvez que je manque à mes pro-

messes ? dit-il presque à voix basse. Cependant,
je ne vous ai pas *dit* une seule fois que je vous
aime. Trouvez-vous que je manque d'empire sur
moi ? Vos cheveux effleurent les miens ; je bois
ce parfum de fruit mûr qui s'échappe de vos
lèvres ; les miennes les touchent presque...
N'avez-vous pas peur que je franchisse le chemin qui les sépare ?

— Oh! vous ne le ferez pas, dit-elle sans le regarder, sans un mouvement, et avec un sourire
d'orgueil qui l'embellissait encore.

— Cependant, continua-t-il plus bas, — et ces
paroles qu'il murmurait, immobile, étaient
plus saisissantes que le transport le plus passionné — cependant vous savez que je vous
désire au point de croire que mon cœur va cesser de battre et que je vais rouler mort à vos
pieds.

— Je le sais, répondit-elle, souriant toujours.
Mais vous êtes gentilhomme et je me suis con-
fiée à vous. Voilà pourquoi je n'ai pas peur.

— Si cette raison était la seule, vous devriez avoir peur. Mais je vous aime et je veux que vous m'aimiez. Ce qu'il me faut, c'est ce que vous me donnerez et non pas ce que je pourrais prendre. Je *veux* — et si vous saviez ce que ce mot signifie dans ma bouche ! — je veux qu'un jour votre cœur m'appartienne. Ce jour ne viendra peut-être que dans un an. Mais il viendra ; je sens, je suis sûr qu'il doit venir.

— Jamais ! s'écria-t-elle en se redressant avec plus de tristesse que de colère. Jamais ce jour ne viendra ! Jamais je ne vous aimerai, je vous l'ai toujours dit. Oh ! souvenez-vous combien je vous l'ai répété !

On eût pu croire qu'elle allait s'attendrir ; mais soudain sa physionomie devint dure et cruelle.

— Ainsi, reprit-elle, vous espérez et vous osez me le dire ! Je vous le défends. Je vous permets de m'aimer, de m'aimer à en mourir. J'éprouve un plaisir infini — et vous ne pourriez m'en donner de plus délicieux — à vous voir à mes pieds, brûlant de passion, et à savoir que ma volonté vous enchaîne. Mais vous m'exaspérez par votre espérance, et je me vengerai cruellement de vous si vous m'en reparlez jamais.

— Eh bien donc, je ne vous en reparlerai plus et je vous dis pour la dernière fois que je la conserve tout entière. Je serai votre esclave ; je ferai sous vos pieds comme un tapis de mes désirs. Mais je vous aime trop, Laura, pour que vous ne m'aimiez pas un jour.

Elle se leva, ébranlée malgré elle par la ténacité de cet homme qui bravait ses refus en face.

— Moi, aimer ! dit-elle avec une soudaine et immense amertume. Ah ! pauvre malheureux ! comme vous allez souffrir ! Et si vous saviez pourquoi vous êtes ici !...

Que signifiaient ces paroles ? En vain Kerisel cherchait à les comprendre, mais elles résonnaient à ses oreilles comme un pressentiment

funeste, comme l'annonce d'un danger inconnu.
Et cependant, par une sorte de superstition qui
tenait à son caractère, il n'osa faire aucune
question. Jusqu'au dernier moment, il voulait
fermer les yeux. Un instinct lui disait que le
jour où ils viendraient à s'ouvrir serait pour
lui un jour terrible.

Cette soirée commencée si délicieusement
s'acheva dans une tristesse que ni Laura, ni
Kerisel ne purent vaincre.

Comme ils allaient se séparer :

— Monsieur de Kerisel, dit-elle, il faut partir
et aller là où l'on vous attend.

— Quand je partirai, répondit Alain avec un
désespoir sombre, Dieu sait quel sera le but de
mon voyage.

XIII

Madeleine de Champdhivers avait reçu, dans le corps frêle et nerveux des femmes de nos jours, l'âme robuste, énergique, puissante de ses aïeules des autres siècles. On eût dit l'invincible épée de quelque preux de Taillebourg ou de Marignan, recouverte par Giroux d'un élégant fourreau de soie.

Cette disproportion funeste était encore augmentée par la solitude, les chagrins de la vie et de longues années passées près d'un vieillard dont les récits la retardaient de cent ans. Quelle

que fût l'impression qui agitât son cœur, elle
sentait grand. La douleur, chez elle, comme
l'amour, était immense, et chacun de ses chocs
entamait profondément l'enveloppe fragile. Mais
ces atteintes passaient inaperçues, tant elle avait
le calme des héros, le silence des martyres, la
résignation des saintes.

A dix-huit ans, Madeleine avait cru qu'elle
allait mourir. On se flattait de l'avoir trompée
sur le danger que courait sa vie, alors qu'elle
trompait tout le monde en feignant de l'ignorer.
Puis, quand la mort s'était éloignée, la jeune
fille s'était rattachée à l'existence sans regret,
mais sans enthousiasme, conservant seulement
de ces jours sombres un reflet de tristesse qui
reparaissait après chacun de ses sourires. C'est
que cette enfant, dont l'âme était si pieuse, qui
croyait à tout ce qui est noble, généreux, loyal,
ne pouvait pas croire au bonheur.

Le bonheur ! pendant longtemps elle n'avait
même pas cherché à le connaître. Puis, à un âge

où les jeunes filles ont dépassé la période des rêves, elle croyait l'avoir entrevu, trouvé dans son amour pour Alain de Kerisel. Mais au milieu de leurs rêves les plus heureux, au moment où ils formaient leurs projets d'avenir, elle se réveillait subitement à cette pensée désespérante : Tout cela est inutile ! un malheur surviendra qui m'empêchera d'être sa femme. D'où viendrait ce malheur ? elle l'ignorait. Elle le prévoyait sous toutes les formes, sauf une seule : le parjure de son fiancé. Elle croyait en lui comme en Dieu.

Quand il avait été parti, elle avait attendu à chaque courrier, silencieusement, sans en rien laisser voir à lui ni aux autres, l'annonce de quelque catastrophe, de quelque maladie foudroyante de ces climats. Puis elle s'était dit que le vaisseau qui le ramenait ferait naufrage. Enfin elle l'avait su à Naples. Mais, de Naples à Marseille il y a si loin ! Le jour de son mariage, avec son voile blanc sur la tête, elle se serait répété encore : Il arrivera quelque chose qui empêchera mon bonheur.

Aussi, quand la dépêche datée de Lyon vint lui annoncer qu'Alain ne viendrait pas, d'abord, à Cannes, elle éprouva dans son cœur le choc mystérieux d'un pressentiment réalisé et, tandis que son grand-père souriait de la voir pâlir, elle se disait, glacée d'une vague épouvante : Le malheur attendu, le voilà !

A partir de ce moment, on ne devait plus jamais la voir sourire. Deux jours après, le vieux baron vint à elle tout essoufflé, apportant triomphalement une lettre dont il connaissait bien l'écriture.

— Allons, dépêche-toi de lire ! s'écria-t-il de sa petite voix cassée. A-t-il vu son ministre ? Arrive-t-il ?

Elle étendit sans se hâter une main légèrement tremblante. Un peu de sang monta à ses joues pâlies pour en redescendre presque immédiatement.

— Non, grand-père, il n'arrive pas, répondit-elle après avoir lu l'épître très courte.

Elle parlait d'une voix calme, égale, comme s'il se fût agi d'une chose naturelle et prévue. Le baron aurait voulu la voir impatiente; il savait ce que cachaient ces calmes-là.

— Quelle enfant! dit-il tout vexé. Tu ne pourras jamais être la femme d'un homme qui ne t'appartiendra pas tout entier. Moi, d'abord, je ne donnerai mon consentement qu'après la démission de M. de Kerisel.

— Oh! grand-père, comment une femme peut-elle consentir à ce qu'un homme sacrifie sa carrière pour elle! Je suivrais mon mari au bout du monde... si vous n'étiez pas là, se hâta-t-elle d'ajouter.

Dans cette lettre, empreinte d'une précipitation calculée, elle ne trouvait point l'expression de la tendresse ordinaire d'Alain, mais plutôt quelque chose de crispé et d'inquiet dont on pouvait, il est vrai, chercher l'explication dans la contrariété et l'impatience de celui qui l'avait écrite. Le lendemain et le surlendemain le facteur arriva les mains vides. Elle en souffrit et sa tristesse en fut augmentée; mais le doute n'était point encore entré dans son cœur.

La seconde lettre d'Alain énumérait laborieusement de prétendues raisons qui le retenaient à Paris pour quelque temps encore. On sentait dans ces lignes comme une odeur de mensonge. Elles étaient écrites, on le voyait, par quelqu'un qui n'avait point l'art de mentir et pour qui sa propre fausseté était un supplice.

Aussi le premier mouvement de Madeleine fut-il de plaindre celui qui prenait tant de peine à la tromper. Mais pourquoi donc la trompait-il?

— Peut-être qu'il me trouve trop vieille, se disait-elle. Lui est encore si jeune de tournure et d'esprit ! Et cependant il ne m'a point revue. Me trouverait-il si changée depuis un an ? C'est plutôt qu'il aime trop sa liberté et qu'il a peur de la perdre. Ah ! j'ai bien fait de lui dire d'attendre !

Pas une seule fois elle ne se demanda :

— En aime-t-il une autre ?

Dans cette nature faite de chasteté et d'honneur, la jalousie n'existait pas encore. Madeleine aimait jusqu'à en mourir; aucun autre homme qu'Alain n'eût obtenu d'elle un regard. Elle jugeait son fiancé d'après elle-même.

« Ne m'écrivez plus, lui répondit-elle, si vous
» ne pouvez pas m'écrire la vérité. Je saurai la
» comprendre. O mon ami, restez digne de moi,
» même si je ne dois pas devenir vôtre. Vous
» perdre est un malheur que je supporterai, si
» Dieu l'exige, comme j'en ai supporté d'autres.
» Je me dirai que vôtre avenir y gagnera peut-
» être. Mais restez l'être noble, franc, loyal, que
» j'ai connu. Laissez-moi les chers souvenirs de
» ces quatre années pendant lesquelles nous
» n'avons rien eu de caché l'un pour l'autre. Ne
» me faites pas croire que je me suis trompée

» sur vous. Je tomberais de si haut que je serais
» brisée dans la chute. Apprenez-moi ce que
» vous avez à m'apprendre. Je n'ai jamais compté
» sur le bonheur ici-bas, mais j'ai toujours
» compté sur votre loyauté. Aussi je puis me
» faire à l'idée de n'être pas votre femme, mais
» non pas à celle de n'être pas toujours votre
» amie. »

Sa loyauté ! cette parole écrite par la main de
sa fiancée rougit le visage d'Alain comme un
affront mérité et dont il était obligé de garder la
marque. Pendant un instant il voulut partir
pour Cannes. Puis il se répéta, comme il le faisait chaque soir : Encore un jour.

D'ailleurs, à ce moment, il n'avait pas rompu,
dans sa pensée, la promesse qui l'unissait à
Madeleine. Il marchait dans un rêve, sans savoir
où ses pas le dirigeaient. Ce rêve, à coup sûr, ne
pourrait pas durer éternellement, mais il reculait de tous ses efforts l'heure du réveil. Et les
jours passaient si vite !

Cependant, il fallait répondre à Madeleine. Il le fit dans le langage vaguement plaintif d'un cœur brisé par des tortures qui n'étaient que trop réelles, mais qu'il n'avait garde de montrer pour ce qu'elles étaient.

Dans ces gémissements nuageux, mademoiselle de Champdhiyers cherchait vainement à retrouver l'homme qu'elle avait connu si plein d'horreur pour la déclamation et l'ambiguïté. Mais, de plus en plus, elle croyait lire les hésitations d'un cœur qui s'est trompé en croyant aimer, ou qui balançait, au dernier moment, entre son amour et son indépendance.

Elle était trop fière pour paraître plaider sa cause et d'un esprit trop droit pour ne pas souffrir cruellement de cette correspondance. Le courage lui manqua pour la continuer ; elle fit attendre ses réponses, les réduisant au récit banal des incidents de chaque jour. Puis, comme Alain, de son côté, mettait plus d'espace entre ses lettres, devenues de simples billets, elle cessa tout à fait d'écrire et elle attendit, voulant être résignée, mais, au fond, profondément décou·ragée par ce malheur, auquel elle ne pouvait même donner un nom.

Sa grande préoccupation fut, dès lors, de tromper son grand-père qui, chaque matin, s'informait si M. de Kerisel n'annonçait pas son arrivée. Or, comme le vieux baron n'était rien moins que pressé de voir paraître l'homme qui devait lui prendre sa chère petite-fille, il n'eut garde, durant les premiers jours, d'éle-ver la moindre observation à propos de ce re-tard.

— Allons ! se disait-il, lui aussi, encore vingt-quatre heures gagnées !

Souvent il restait jusqu'au lendemain sans parler d'un sujet qui était, pensait-il, le dernier tourment de sa vie. Pour des raisons faciles à deviner, sa petite-fille l'imitait dans son silence.

Un jour le baron, atteint d'une attaque de goutte plus forte que d'habitude, fit appeler le

médecin qui le soignait depuis son arrivée à
Cannes. Le docteur vint, examina son malade,
fit une ordonnance et, en se retirant, ouvrait la
bouche pour adresser à Madeleine une de ces
formules de vieille galanterie qu'autorisaient
ses cheveux blancs. Soudain, il s'arrêta; prit la
jeune fille par les poignets, l'attira près de la
fenêtre et la dévisagea de cet air bourru qui,
chez lui, témoignait la préoccupation.

Ce qui distinguait le docteur Prost de la plupart de ses confrères, c'est qu'il ne pouvait pardonner aux gens d'être malades. Très répandu
dans la meilleure société de Cannes où il était
reçu avec une considération méritée, il n'était
plus le même lorsqu'il venait visiter, comme
médecin, l'ami dont il avait fait le whist la
veille. Il prenait les allures froides et sévères
d'un juge d'instruction interrogeant un prévenu,
examinait la langue de son client comme il eût
consulté un casier judiciaire et, même après
guérison, restait toujours en froid pendant

11.

quelques jours avec le client qui l'avait « dérangé ».

Quant à ceux qui avaient le mauvais goût de se laisser mourir entre ses mains, il ne fallait plus lui en parler. C'était une petitesse qu'il ne pardonnait point, et s'il eût pris fantaisie à ces impertinents de sortir du tombeau, il ne les eût point, à coup sûr, salués dans la rue.

D'ailleurs, médecin de premier ordre, presque aussi connu à Paris qu'à Nice et à Cannes, très amusant par ses boutades humoristiques, le docteur Prost avait son franc parler et en abusait volontiers dans des phrases un peu longues.

— Vous savez que votre petite-fille a la fièvre, monsieur le baron ? dit-il, son examen terminé. Voyez-moi ces joues pâles et ces yeux qui se creusent ! Mais vous ne dormez pas, mademoiselle, et vous ne mangez pas non plus, c'est sûr. Ah ! vous m'envoyez chercher pour votre grand-père ! Qu'est-ce que vous voulez que je lui fasse ? Il a la goutte, il mourra avec ; personne n'y peut rien. Ce n'est pas lui qui a besoin de moi ; c'est vous. Quelle imprudence avez-vous donc faite ? Aucune, naturellement. Les malades sont tous les mêmes. Si on les écoutait, on croirait que le mal tombe sur eux par hasard, comme une cheminée vous dégringole sur la tête.

Tout en parlant, le docteur rédigeait une ordonnance en prescrivant un régime sévère. La jeune fille se retira, devinant que les deux hommes désiraient parler d'elle hors de sa présence.

— Monsieur le baron, reprit le médecin, vous souvient-il de ce que je vous ai dit, il y a quelque huit ans, quand j'eus le bonheur de débarrasser mademoiselle de Champdhivers des symptômes fâcheux qui nous inquiétaient si fort ? Je vous ai dit que je croyais le danger écarté, mais que cette santé serait toujours délicate, et qu'il faudrait la suivre de près. Votre petite-fille a très mauvaise mine. Pourquoi ne m'avez-vous pas fait prévenir plus tôt ?

— Mais, docteur, je ne m'étais pas aperçu...
Quand on voit les gens tous les jours, on remarque moins... Enfin, vous ne la croyez pas vraiment malade?

— Si vous entendez par malade quelqu'un qui
est couché dans un lit à côté d'une table couverte de fioles...

— Voyons, sacredié, docteur! laissez donc de
côté pour un moment votre manie de plaisanter
sur tout. Il s'agit de ma petite-fille, et je suis
étonné de ne pas vous voir plus sérieux.

Le docteur était habitué de longue date aux
incartades du baron, toujours vif comme la
poudre.

— Je suis très sérieux, répondit-il, et je vous
répète que mademoiselle Madeleine souffre en
ce moment. Y a-t-il quelque chose qui l'inquiète? Lui connaissez-vous un motif de tristesse? Tenez, un médecin a le droit de poser
certaines questions. Si j'ai bien compris, le
comte de Kerisel était attendu ici il y a une

quinzaine de jours. D'où provient ce retard ?
Votre petite-fille en est-elle préoccupée ? Vous
comprenez que j'ai vu et deviné bien des
choses quand j'avais l'honneur de soigner madame la comtesse de Kerisel, qui m'en a bien
mal récompensé, d'ailleurs.

— Ma foi ! j'avoue que je n'y pensais pas. Je
crois que Madeleine a éprouvé une déception en
ne voyant pas notre ami tout à son retour de
Chine. Mais c'était une bouderie d'enfant gâté,
dont il n'était plus question le lendemain. Ma
petite-fille est si raisonnable !

— Trop raisonnable, monsieur le baron : je
connais ces natures-là. Mais enfin, — pardonnez-
moi cette insistance, — il ne s'agit que d'un
simple retard, n'est-ce pas ? Il n'est survenu aucun incident qui puisse expliquer chez mademoiselle de Champdhivers...

— Un incident ? Pas le moindre ! Mon futur
petit-gendre, — car vous êtes trop l'ami de la
famille pour que je fasse des mystères avec

vous, — a été appelé par son ministre tout en débarquant. Il en profite sans doute pour s'occuper de sa situation, car je ne suppose pas qu'il veuille retourner en Chine, une fois marié. Nous l'attendons tous les jours et, certainement, ma petite-fille est fort impatiente de le revoir. Mais, de là à en être malade !...

— Ma foi ! monsieur le baron, vous me faites bien plaisir en me parlant ainsi. Cannes semble avoir été fait, même par son nom, pour être la ville des cancans, et moi je suis fait, par mon métier, pour les entendre. Or il ne manque pas ici de bonnes âmes pour dire que M. de Kérisel n'épousera pas mademoiselle de Champdhivers, bien qu'ils soient fiancés l'un à l'autre depuis deux ans.

— Eh bien ! ceux qui parlent ainsi reconnaîtront qu'ils se trompent quand ils verront ma petite-fille sortir de l'église en toilette de mariée. Et ils auront ce plaisir avant la fin de décembre. A propos, Henri m'écrit qu'il se met en route pour venir assister au mariage de sa sœur.

— C'est une grande joie pour vous, monsieur le baron, et même pour moi, qui aime de tout mon cœur votre petit-fils. Allons ! je m'en vais content, et je reviendrai demain voir mademoiselle Madeleine.

Le vieux docteur parti, néanmoins le baron se mit à songer à ce qu'il venait d'entendre. Ce n'était pas qu'il attachât quelque importance aux commentaires du public. Il n'y avait qu'à en lever les épaules. Mais, après tout, Alain était en France depuis quinze jours. Il aurait bien pu s'échapper, ne fût-ce que quarante-huit heures, et venir baiser la main de sa fiancée après une si longue absence. Était-ce cette négligence qui compromettait en ce moment la santé de Madeleine ? A cette pensée, M. de Champdhivers se sentait tout près de haïr le comte. Le soir, il regarda plus attentivement sa petite-fille. Oui, le docteur Prost avait raison. Elle était changée, maigrie, abattue ; au dîner, elle mangea à peine.

Le baron se demanda sérieusement s'il ne partirait point pour Paris afin d'en ramener, même par force, celui dont, la veille encore, il tremblait d'apprendre l'arrivée.

— Tu as de bonnes nouvelles de M. de Kerisel, mon enfant? questionna-t-il quand ils furent seuls.

— Il ne me parle pas de sa santé, grand-père, répondit évasivement Madeleine.

— Mais te parle-t-il de son arrivée? Depuis trois semaines, il a eu le temps d'en finir avec les affaires sérieuses. A ta place, je commencerais à être jalouse et je lui ferais une bonne querelle.

L'ombre d'une amère tristesse passa sur le visage de la jeune fille. Mais elle s'efforça de sourire.

— Comment! dit-elle, c'est vous qui parlez ainsi? Il vous tarde donc bien d'être débarrassé de votre petite-fille?

— Madeleine, ma fille bien-aimée, il me tarde

de ne plus te voir pâle, de retrouver tes joues roses, tes yeux brillants, ton sourire qui fait ma seule joie. Oh! cet homme, s'il te rend malheureuse, je le déteste!

Elle mit sa main, brûlante de fièvre, sur la bouche du vieillard.

— Je ne serai jamais malheureuse tant que je serai avec vous, grand-père. Ne détestez personne, soyez patient, et, si vous m'aimez, dites-vous ce que je me répète chaque jour à moi-même : Ce que Dieu fait est bien fait !

Elle entoura de ses bras le cou de son aïeul, et posa longuement ses lèvres sur son front. Puis elle regagna sa chambre, laissant le pauvre homme en proie à un trouble qu'il n'avait pas connu depuis longtemps.

De longs et tristes jours se passèrent, amenant, de toute évidence, une aggravation dans l'état de Madeleine. Chaque jour, le docteur Prost la visitait et, en se retirant, il lançait au baron un certain regard qui signifiait :

— Vous n'avez rien à me dire?

De son côté, celui-ci n'osait plus prononcer, devant sa petite-fille, le nom de M. de Kerisel, tant il était aisé de voir que ce sujet de conversation était pénible pour Madeleine. Qu'était-il donc survenu entre eux? une rupture? c'était impossible. Ils ne s'étaient pas vus depuis plusieurs mois et ils semblaient alors si bien faits l'un pour l'autre, si également impatients de s'appartenir pour toujours!

D'ailleurs, au point où en étaient les choses, Alain *ne pouvait pas* abandonner sa fiancée. Ce mariage, il est vrai, n'était pas annoncé officiellement; mais, dans leur monde, on commençait à le pressentir et à l'attendre. Une rupture, au dernier moment, serait un scandale dont la pensée seule faisait monter le sang aux joues de l'ancien garde du corps, jadis friand de la lame et qui, dans le bon temps, avait plus d'une fois dégaîné pour moins que cela.

Et personne à qui s'ouvrir, à qui demander

un conseil ! A bout de forces, le pauvre baron en
était venu à faire part de ses angoisses au con-
fesseur de Madeleine, un aumônier de couvent
contre lequel, cependant, il nourrissait une
haine corse. Il le soupçonnait, peut-être pas
complètement à tort, de diriger sa pénitente
dans un sentier qui aboutissait à la grille du
cloître dont l'abbé était le gardien spirituel.

Le prêtre, interrogé, répondit de la façon la
plus évasive. Ou il se croyait lié par le secret du
confessionnal, ou, réellement, il avait ses vues
sur Madeleine, et il ne voulait permettre à personne de lire dans son jeu.

Il y avait bien le docteur Prost. Mais le baron
se souvenait de s'être moqué de ses insinua-
tions. Après les avoir prises de haut, il en coû-
tait à l'amour-propre du vieux gentilhomme d'y
revenir de lui-même.

Le médecin, un beau jour, lui en épargna la
peine.

— Monsieur le baron, dit-il, d'un air plus so-

lennel encore que d'habitude, je vois que l'on
ne veut·rien me dire et je ne pense pas, d'un
autre côté, que l'on ait jamais reproché au docteur Prost de s'imposer à la confiance des gens
qu'il soigne. Mais je me trouve en face d'une
malade dont l'état s'aggrave à chaque heure et il
est clair comme le jour que mes emplâtres et
mon sulfate de quinine ne sont ici que de l'on-
guent de miton-mitaine. ·

— Oui, docteur, je le crois, soupira M. de
Champdhivers. .

— Je connais mademoiselle Madeleine, permettez-moi de le dire, à peu près comme si elle
était ma fille. C'est une nature qui peut supporter tout plutôt que l'incertitude. En ce moment
l'incertitude la tue ; il faut absolument que nous
en sortions, — pardon! que vous en sortiez, —
d'une façon ou d'une autre. Bref, monsieur le
baron, en un mot comme en cent, n'êtes-vous
point curieux de savoir ce que M. de Kerisel
peut bien faire depuis si longtemps à Paris?

— Ah! çà, monsieur, vous n'allez pas me proposer, j'imagine, de faire filer mon futur petit-gendre par la police de la République?

— Ma foi! autant vaut vous le dire tout de suite : c'est moi qui l'ai fait filer par la mienne. Je compte à Paris des amis nombreux, car tous ceux que j'ai soignés à Cannes n'y sont pas morts, Dieu merci! Eh! bien, monsieur le baron, le comte de Kerisel n'a pas mis les pieds au quai d'Orsay depuis son arrivée à Paris.

— Allons donc!

— C'est comme j'ai l'honneur de vous le dire. La raison qui retient le fiancé de votre petite-fille dans la capitale n'a rien de diplomatique. Elle est... comment dirai-je? d'une nature plus intime.

— Que diable, Prost, laissez là vos satanées périphrases et parlez clairement!

— Le comte de Kerisel a une intrigue à Paris, monsieur le baron.

— La peste soit de vos contes à dormir debout!

Un homme qui est arrivé à quarante ans sans qu'on lui ait connu ce qui s'appelle une aventure !

— Eh ! c'est justement pour cela qu'il en a une aujourd'hui. Je crois que, pour la plupart des hommes — et surtout pour les hommes supérieurs — il en est de l'amour comme de la petite vérole. Il faut y passer une fois en sa vie, et plus on est pincé tard, plus c'est mauvais. Si j'avais eu un fils, j'aurais eu soin que, de bonne heure, il fût... vacciné. Et si j'avais eu une fille, je ne l'aurais jamais donnée à un homme qui n'aurait pas eu « d'aventure » avant, de crainte des aventures après.

— Et dire que je suis trop vieux pour aller traiter ce misérable comme il le mérite !

— Ah ! monsieur le baron, permettez-moi de vous dire qu'en ce moment vous êtes beaucoup trop jeune. Après tout, M. de Kerisel peut n'avoir eu qu'un moment d'aberration qu'il sera habile d'ignorer, pourvu qu'il ne dure pas. Et, s'il faut être sans péchés pour lui jeter la pierre, je crois que nous ferons bien, vous et moi, de laisser les cailloux tranquilles.

— Mais comment faire pour être fixé? Cette histoire ne peut tarder à se répandre et si elle arrive jusqu'à Madeleine... Ah! docteur, je donnerais ce qui me reste à vivre pour être sorti de de cette impasse.

— Attendez votre petit-fils, monsieur le baron. Il est en route, m'avez-vous dit. C'est un homme sérieux et de bon conseil, malgré ses vingt-huit ans, et, de plus, il adore sa sœur. Il connaît M. de Kerisel, et il est diplomate dans l'âme. Croyez-moi, il vous tirera de là et, peut-être, après tout, les choses s'arrangeront d'elles-mêmes.

— Au fait, vous avez raison; j'attendrai Henri. Il doit être à Marseille dans huit jours au plus tard.

XIV

En effet, moins d'une semaine après, Henri de Champdhivers arrivait à la Villa aux Mouettes.

C'était un grand jeune homme, blond comme sa sœur, d'une apparence un peu frêle, mais souverainement élégante. Son visage n'avait rien de remarquable au point de vue de la régularité des traits. Ses yeux d'un bleu pâle, froids au premier abord, ses favoris blonds, reliés par une moustache qui ne cachait point une bouche charmante, lui donnaient l'apparence d'un jeune membre de l'aristocratie britannique. D'ailleurs cette ressemblance était encore augmentée par

12

un séjour de deux ans qu'il venait de faire dans une ville importante des Indes Anglaises.

Mais cet extérieur d'une correction un peu raide cachait une nature passionnée à l'excès. Aussi, bien différent de Kerisel, avait-il semé de nombreuses aventures dans chacun des pays où sa carrière l'avait fait vivre. Facilement irritable, bien que sceptique à l'excès, aventureux jusqu'à la folie quand il s'agissait de ses plaisirs, mais calculant serré quand il était question de ses intérêts, porté à la méchanceté par un esprit très vif et des plus séduisants, mais diplomate par métier autant que par instinct, il était, en général, peu sympathique aux hommes, mais il savait prendre sur les femmes, ainsi qu'il arrive presque toujours aux natures égoïstes, une influence considérable.

Privé de bonne heure de ses parents, conservant contre son grand-père, malgré une affection sérieuse, une sorte de rancune inconsciente pour des remontrances trop souvent méritées,

Henri de Champdhivers n'aimait réellement qu'un être au monde : sa sœur; mais il l'aimait, on peut le dire, jusqu'à l'excès. Pour elle, cet égoïste eût tout sacrifié, ce sybarite amoureux de ses aises eût tout souffert. Elle seule avait sa confiance et possédait une sérieuse influence sur lui. Elle connaissait tous ses secrets, ceux, du moins, qui pouvaient être confiés à une jeune fille; elle le connaissait lui-même mieux que personne et savait de quoi il était capable en bien comme en mal, car elle n'était point aveugle sur ses défauts. Aussi, comme femme, était-elle fière de lui; mais comme sœur, elle l'eût voulu autre, plus semblable à elle, « plus Champdhivers », ainsi qu'elle le lui disait quelquefois, rarement, car elle savait qu'avec lui on *s'usait* vite en remontrances.

— Kerisel n'es' pas ici? fut la première question du jeune homme après qu'il eut embrassé son grand-père et sa sœur.

Les yeux du baron, suppliants et désolés, lui

firent signe de se taire. Madeleine s'était détournée vers une cage d'oiseaux des Tropiques que son frère venait de poser sur un meuble. Leurs petits cris monotones, durant un instant, troublèrent seuls le silence gardé par ces trois êtres qui ne s'étaient pas vus depuis près de deux ans.

— Mais comme tu as mauvaise mine ! s'écria tout à coup le jeune homme. Tu ne me parles jamais de ta santé. Pourquoi, grand-père, ne m'avez-vous pas écrit qu'elle était malade ?

— Mon bon ami, ta sœur n'est souffrante que depuis quelques jours, et ton voyage a dérangé notre correspondance. D'ailleurs j'espère que ce n'est rien ; nous causerons de tout cela. Va t'installer chez toi ; tu dois avoir faim, et l'heure du déjeuner approche.

Henri, sans mot dire, gagna sa chambre. Sa sœur l'y suivit, comme elle faisait toujours en pareil cas. Ordinairement son plaisir était de fouiller dans les bagages du voyageur et d'y

découvrir les « curiosités » qu'il apportait en
abondance à chacun de ses congés.

Cette fois, elle se laissa tomber sur un fauteuil, semblant ne faire attention à rien.

— Tu m'as demandé si M. de Kerisel est ici ?
dit-elle avec un peu d'effort. Il n'y est pas. Il
n'y est pas venu depuis son retour. Il est à
Paris.

— Comment ! tu ne l'as pas vu ?

— Non, et j'ai voulu te prévenir tout de suite
d'éviter ce sujet de conversation. Devant grand-
père, surtout, ne prononce jamais le nom de.....
M. de Kerisel. A son âge, il faut lui épargner
toute cause de trouble.

— Ma pauvre sœur! je comprends maintenant pourquoi tu es si changée. Allons ! décidément nous n'avons pas de chance dans la famille.

Henri, pour le moment, n'en dit pas davantage. Questionner sa sœur, c'était la faire souffrir et, d'ailleurs, il avait l'habitude d'éclairer
les situations délicates avant de les aborder de

front. Il ne doutait pas que le docteur Prost ne
fût instruit de bien des choses. Aussi, dès que ce
fut possible, prenant le premier prétexte venu
pour s'échapper, il courut chez le vieux médecin.

Entre ces deux hommes, malgré les différences
d'âge et d'origine, il s'était établi depuis longtemps une amitié d'autant plus étroite que ni
l'un ni l'autre ne se liait facilement. Mais il
faut remarquer que cette intimité était surtout
à l'avantage du jeune homme qui savait s'arranger, en amitié comme en amour, pour recevoir plus qu'il ne donnait.

Maintes fois — et c'était l'origine de leur
liaison, — le docteur Prost avait servi de négo-
ciateur entre le petit-fils et l'aïeul poussé à bout
par quelque frasque un peu trop bruyante. Plus
d'une fois aussi des difficultés financières
avaient été aplanies par le concours — plus ou
moins direct — du vieux médecin. Mais ce
qu'Henri, surtout, aimait en lui, c'est qu'il était

le modèle des confidents. Lorsqu'il venait « s'enterrer », comme il disait, pour quelques semaines à Cannes, encore tout remué — autant
qu'il pouvait l'être — de quelque séparation
pathétique, le jeune homme avait besoin de
revivre sa vie passée. Il lui fallait raconter à
quelque auditeur, digne de les apprécier, ses
campagnes amoureuses, ses victoires, les sourires qu'on lui avait donnés, les larmes qu'il
avait fait répandre.

Le docteur Prost semblait créé pour être cet
auditeur. Il avait habité Paris assez longtemps
pour en saisir le bagou et les roueries. A
Cannes, la clientèle aristocratique qu'il s'était
acquise lui avait fourni de nombreux sujets
d'étude ; même on prétendait que, jadis, plus
d'une belle malade lui avait prouvé, guérison
faite, que le médecin, après tout, est un homme.
Mais — c'est une justice à lui rendre — sur ce
point il était muet comme la tombe et, s'il savait
écouter durant des heures les confidences de

son jeune ami, jamais il n'avait ouvert la bouche pour effleurer ses propres aventures.

— Je pensais bien que vous ne laisseriez pas passer la journée sans venir me voir, mon cher Henri, dit-il. Je ne vous demande pas de vos nouvelles ; je vois que vous allez bien. Causons tout de suite de votre famille. Comment avez-vous trouvé votre sœur ?

— Je l'ai trouvée malade et elle m'a appris que Kerisel n'a pas paru ici. Elle m'a prié de ne point lui en demander davantage, et, d'ailleurs, je voulais vous voir avant tout. Que s'est-il donc passé ?

— Voici tout ce que je puis vous dire, et je vous attendais avec impatience pour vous en parler. A la fin d'octobre votre futur beau-frère arrive sur le *Bassac*. En passant à Naples il écrit : Je vais à Cannes. Il devait donc, régulière-ment, apparaître vingt-quatre heures après sa lettre. Pas du tout. Au lieu de sa personne, on voit arriver un télégramme disant : Obligé aller

d'abord Paris. Cela n'avait rien de bien extraor-
dinaire, et je n'y fais pas attention. Mais les semaines se passent; votre grand-père, qui n'est
pas plus pressé de voir le mariage de votre sœur
qu'un condamné à mort de contempler la guil-
lotine, se garde bien de rien dire; mademoiselle
Madeleine, naturellement, se tait; mais je
m'aperçois un jour que sa santé déménage et,
dame! on ne recommence pas deux fois le miracle fait il y a huit ans.

— Alors vous êtes inquiet?

— Absolument; mais laissez-moi continuer.
Je parle de mes craintes au baron qui perd la
tête. Je lui demande si la façon d'agir du fiancé
ne l'étonne pas; il monte sur ses grands che-
vaux, me répond que la parole d'un gentilhomme
est sacrée, et patati et patata. Moi, qui sais que
toutes les paroles du monde ne peuvent guérir
une poitrinaire, j'écris à Paris où j'ai ma police,
et je demande si M. de Kerisel en a encore pour
longtemps au Ministère. — Le ministère! me

répond ma correspondante; il a des jupons, ce ministère-là. — J'attends les renseignements plus complets qui me sont promis, et voilà où nous en sommes. Qu'en dites-vous ?

— Je dis que je tombe des nues. Par le plus grand des hasards, j'ai vu Kerisel à Ceylan, où j'étais en excursion au moment où le *Bassac* y a touché. Nous avons passé une demi-journée ensemble et sa dernière parole a été : N'oubliez pas qu'on compte sur vous à Cannes avant la fin de décembre. — On a dû vous faire un conte à dormir debout, docteur.

— Il vous sera plus facile qu'à moi de le savoir, mais je crois que je suis dans le vrai.

— Mon cher Prost, c'est inadmissible. Vous savez qu'il n'y a pas une grande sympathie entre mon futur beau-frère et moi, mais cela ne m'empêche pas d'être juste à son égard. C'est un honnête homme; on n'a jamais raconté sur lui la moindre histoire fâcheuse, et il a partout une réputation de puritain. Je crois qu'il aime beaucoup ma sœur, sa vie l'a prouvé, et il aurait pu faire vingt mariages plus beaux sous bien des rapports. Enfin il a quarante ans, et ce n'est pas à cet âge-là qu'on commence à « se déranger ».

— Non, quand on a commencé, comme vous, à vingt. S'il s'agissait de vous, je serais bien tranquille ; je dirais : C'est un accès ; il sera bientôt passé. Vous avez eu si souvent de ces accès-là !

— Ah ! mon bon ami, ce n'est pas le moment de parler de moi. Mais que diriez-vous donc si je vous apprenais que, depuis Constantinople, je ne me reconnais plus moi-même. Vous savez que j'ai failli, à ce moment-là, faire un coup de tête. Eh bien ! il y a de cela presque deux ans, et, si c'était à recommencer, rien ne m'em-pêcherait de tout quitter pour cette femme. Je l'aime cent fois plus que le premier jour ; je n'ai pas passé une heure sans la pleurer au fond de moi-même. Là-bas, je n'en ai pas regardé une autre ; en somme, mon cher ami, vous voyez

devant vous un homme malheureux comme les
pierres.

— Je tombe de mon haut. Comment! c'est
vous qui parlez ainsi! Ma foi! je donnerais beaucoup pour connaître celle qui a fait de vous un
homme sentimental. Ce ne doit pas être une
femme ordinaire. Et vous ne lui avez jamais
donné signe de vie?

— Pendant six mois, je lui ai écrit par chaque
courrier pour lui dire mon désespoir. Chacune
de mes lettres m'est revenue intacte, et je me
demande avec effroi si le reste de ma jeunesse
va se passer dans les regrets.

— Vous voyez donc ce que l'amour peut faire
d'un homme?

— Assurément. Mais, d'une part, je ne puis
me comparer à Kerisel, qui n'a jamais su ce
que c'est que la passion — et je l'en félicite.
De l'autre, on ne tombe pas tous les jours sur
une femme comme celle qui a pris ma vie. Enfin,
laissons cela. Dieu sait ce que sera mon avenir,

mais celui de Madeleine m'occupe davantage.
Pour le moment je n'ai qu'une chose à faire :
partir pour Paris. Et si ce que l'on vous a dit de
cet homme est vrai...

— Le tuer, n'est-ce pas ? Vous parlez comme
votre grand-père. Mon cher, *il faut* que votre
sœur fasse ce mariage. Je crois fermement que
c'est, pour elle, une question de vie ou de mort,
vu l'état où elle se trouve. Ainsi donc partez, je
vous le conseille, mais pas de massacre. Ra-
menez votre beau-frère en bon état et le plus
vite possible. Ce n'est pas seulement l'ami, c'est
le médecin qui vous parle.

Le soir même le jeune homme manifesta son
intention d'aller passer quelques jours dans la
capitale.

— Déjà ! fit Madeleine, dont les joues se cou-
vrirent de rougeur. Tu es à peine arrivé.

— Oh ! je ne serai pas longtemps absent et
je préfère me débarrasser tout de suite de ce
voyage. Je voudrais ne pas retourner aux Indes,

13

et tu comprends qu'il ne faut pas que je tarde à me montrer au Ministère.

— Ah ! oui, le Ministère, dit-elle en soupirant,

— Mais certainement. Vous êtes incroyables, vous autres femmes. Vous ne comprenez donc pas que, quand on a pris une carrière, il faut la suivre ? Penses-tu qu'en arrivant en France, fatigués du c'imat étranger et du voyage, nous n'aimerions pas mieux nous reposer chez nous que d'aller attendre, dans une antichambre, que le directeur de ceci ou de cela veuille bien nous recevoir ?

En regardant le visage de sa sœur, Henri comprit qu'il perdait son temps et qu'il était inutile de lui donner le change.

Elle quitta son fauteuil, malgré l'heure peu avancée, et tendit son front à son grand-père avant de regagner sa chambre. Ses journées étaient bien courtes, maintenant ; sa chaise longue en prenait une bonne partie et le jardin de la villa ne l'apercevait plus guère.

Henri l'accompagna chez elle. C'était une vieille habitude qui leur était chère à tous deux et, quand ils se trouvaient sous le même toit, le frère et la sœur terminaient régulièrement la journée par une longue causerie dans le petit salon de Madeleine. Souvent les douze coups de minuit les y trouvaient encore, riant comme deux fous ou plongés dans une causerie sérieuse, selon qu'Henri était d'humeur joyeuse ou mélancolique, voulait être admiré ou plaint.

On compare souvent la femme à une lyre dont les cordes délicates vibrent, tantôt plaintives, tantôt gaies, mais toujours harmonieuses. Pour les hommes égoïstes, c'est-à-dire pour la plupart des hommes, cette lyre doit être un instrument d'accompagnement.

Lorsqu'ils furent assis, chacun dans le petit fauteuil de soie bleue où ils avaient vu s'écouler de si douces heures d'intimité, ils restèrent silencieux. Ils pensaient l'un et l'autre au passé si heureux, à l'avenir si incertain, peut-être si sombre. Comme cette soirée ressemblait peu à celle qu'Henri se figurait le matin encore, dans le salon éclairé, brillant, entre sa sœur gaie, parée, rayonnante de bonheur, et celui qu'elle aimait depuis si longtemps !

Au lieu de cela, ce tête-à-tête avec une pauvre malade ! Oh ! oui, bien malade ! il le sentait à chaque minute davantage. Quel misérable que cet homme et pourquoi donc l'aimait-elle ainsi ? Quelle vengeance ne méritaient pas cet avenir brisé, cet abandon qui serait bientôt la fable du monde ?

Madeleine savait lire, depuis longtemps, dans les yeux de son frère. Elle devina toutes ses pensées.

— Henri, dit-elle d'une voix qui le fit tressaillir, tant on y sentait le découragement et la faiblesse, pourquoi veux-tu aller à Paris ?

— Mais je te l'ai dit, ma petite sœur, je ne voudrais plus m'éloigner de toi et il faut que j'en prenne les moyens. Ce sera l'affaire de peu

de jours. Je verrai ce que dira le patron; je donnerai de tes nouvelles à ton futur. S'il a fini ses
affaires nous reviendrons ensemble, et alors,
mademoiselle, on s'occupera de choses sérieuses.

— Henri, fit Madeleine qui n'avait point paru
entendre, tu n'as jamais aimé M. de Kerisel.

— Moi ! quelle idée ! Évidemment nos deux
natures sont très différentes ; il est plus âgé que
moi, plus sérieux, plus... raisonnable. Je sais
qu'il a blâmé souvent « mes folies », et je reconnais qu'il en avait le droit. Mais je suis tout dis-
posé à l'adorer... pourvu qu'il te rende heureuse,
car autrement...

— Autrement ?

— Ne me demande rien, dit le jeune homme
en se levant et en marchant à grands pas dans le
salon à peine éclairé. Je n'aime que toi au monde,
oui, rien que toi. Je suis plus seul ici-bas, plus
abandonné, plus découragé de la vie que tu ne
saurais le croire. Je suis profondément malheureux, Madeleine ; tu apprendras peut-être un

jour pourquoi. Si, en plus de mon chagrin, il me fallait porter le poids du tien, je plaindrais celui qui l'aurait causé.

— Chéri, dit-elle en lui tendant la main, viens ici et écoute-moi. Je lis clairement ce qui se passe en ton âme ; je te connais et je sais comment, vous autres hommes, vous comprenez certains devoirs. Hélas ! depuis quelques jours ce pauvre grand-père, sans s'en douter, ne me raconte plus que des histoires sanglantes, lui ! Si tu ne veux pas me rendre folle, mon petit frère, accorde-moi ce que je te demande ; ne va pas à Paris !

— Alors donne-moi ta parole qu'il n'y a rien de changé entre toi et Kerisel, que tu l'attends et que tu comptes sur lui comme tu y comptais il y a deux mois !

La jeune fille baissa la tête sans répondre.

Voyons, ma sœur, sois franche jusqu'au bout. Ton mariage est-il rompu ?

— Non! cria-t-elle en se redressant d'un bond; non, je te le jure, Henri.

— Eh bien! mon enfant, comprends donc que cette incertitude ne peut pas durer, d'abord parce qu'elle te tue, ensuite parce qu'elle est indigne de toi, de nous. Voilà pourquoi il faut que j'aille à Paris; comprends cela, toi si sage, si raisonnable. Je saurai la vérité et je te la dirai. Ne désires-tu pas la connaître?

— Non, fit-elle, laissant voir, pour la première fois, tout son accablement.

— Pauvre sœur! mais *il faut* la connaître, avant que le monde ne rie de toi. Oh! comment ce misérable ne songe-t-il pas à la situation où il te place?

— Écoute, Henri, dit la jeune fille, en serrant à les briser les mains de son frère. Si tu pars, tu ne me retrouveras pas ici au retour.

— Où seras-tu alors?

— Au couvent, aussi vrai qu'il y a un Dieu. Ou bien, si tu veux partir, jure-moi sur ma vie,

sur *ma vie*, tu m'entends? que celle d'Alain te
sera sacrée.

— Calme-toi, je t'en prie, fit le jeune homme
en prenant sa sœur dans ses bras et en la baisant
au front. Je te jure sur ta vie qu'il en sera
comme tu le désires.

— Quoi qu'il arrive? quand même il te dirait
qu'il ne veut plus de moi ?

Henri hésita une seconde.

— Ah ! tu vois bien ! s'écria-t-elle, épuisée.

— Quoi qu'il arrive, Madeleine, je ne lui cher-
cherai pas querelle; je le jure. Maintenant, je
t'en prie, repose toi, et quitte ces idées tragiques.
Après tout, rien n'est perdu. Peut-être que, dans
peu de semaines, nous aurons oublié toutes ces
tristesses. Tiens ; je voudrais être à ta place, car
toi, du moins, tu peux espérer en l'avenir.

Deux jours après, l'express du soir emportait
Henri de Champdhivers dans la direction de
Paris.

XV .

Tout naturellement, la première visite du diplomate fut pour le quai d'Orsay. Là, il recueillit des poignées de mains sans nombre, mais, quant aux renseignements qu'il cherchait, ce fut plus difficile. On n'avait pas vu Kerisel depuis son retour. Les uns le croyaient en province, occupé à négocier un riche mariage. Selon d'autres, c'est à Paris même qu'il préparait cette union, quelque chose de romanesque et de mystérieux qui éclaterait un jour et surprendrait tout le monde.

—Vous savez comme il est original et cachot-

13.

tier, disait-on. Ce n'est pas celui-là qui raconte
ses affaires. D'ailleurs à qui les raconterait-il?
Lui avez-vous jamais vu un ami? Nous ne le
connaissons pas plus que s'il n'était pas de la
boutique. C'est un érudit, un piocheur, un monsieur sérieux, en un mot, qui sera ambassadeur
un jour, peut-être bientôt.

Et pas un de ceux qui parlaient ne manquait
d'ajouter :

— D'ailleurs, voyez Raimbert. Si celui-là ne
sait rien, il est inutile que vous vous adressiez
autre part.

Le blond Raimbert, un des hommes les plus
répandus et les plus recherchés dans les divers
mondes de Paris, est un diplomate dont la carrière, pour s'être écoulée au bord de la Seine, ne
s'en trouve pas plus mal. A un âge où le pour-
point des pages n'est plus guère de mise, il s'at-
tarde à jouer les Siebel auprès des Marguerite
de la rampe et des salons. Il dit que ce rôle est

moins fatigant que celui de Faust, et qu'on risque moins d'y être sifflé.

Ce qu'il y a de sûr, c'est qu'il n'est pas d'homme plus affable, plus doux, plus incapable d'un mot méchant. Qu'on l'ait quitté la veille ou qu'on l'ait perdu de vue depuis des années, toujours il vous accueille avec la caresse de son geste moelleux, de son sourire inspiré, moitié de poète, moitié d'apôtre. Les hommes l'aiment parce qu'il est à tous ; les femmes l'adorent parce qu'il n'appartient à aucune. Il le leur rend bien, d'ailleurs. Il leur consacre sa vie et le talent d'une plume fine et élégante. Tous les livres qu'il a écrits sont consacrés à les glorifier ou à les plaindre. C'est le Tacite des impératrices et des reines ; mais un Tacite amoureux de ces tyrans qui se nomment la Grâce et la Beauté.

— Bonjour, cher ami, dit-il à Henri de sa voix un peu traînante. Les Indes se sont décidées à vous rendre à ce pauvre Paris qui ne vous voit

plus guère? Vous savez qu'on raconte que vous
venez en France pour marier votre sœur?

— Ah ! vraiment; on dit cela?

— Oui, et' même on prononce le nom du
futur. Mais je ne vous le dirai pas, puisque c'est
encore un secret. Je ne veux pas vous mettre un
mensonge sur la conscience.

— Dites toujours, cher favori des belles dames,
cher reporter du monde élégant.

— Non, je garderai le secret juré ; mais peut-
être que Kerisel, qui sait à quoi s'en tenir, sera
moins mystérieux avec vous qu'il ne l'a été
avec moi l'autre jour. Il a paru furieux d'une
allusion, bien légère, cependant, que je me suis
permise.

— Ah! vous l'avez vu?

— Oui, tout dernièrement, à la sortie de je ne
sais quel théâtre. Mais nous n'avons pas pu causer. Il avait au bras une belle inconnue. Ah!
ma foi! une jolie femme. Un peu le type de
Marie Van Zandt, mais en mieux, ce qui n'est

pas peu dire. A propos, vous savez que ma protégée est devenue une étoile ? Voilà ce que c'est que d'écouter mes conseils. A présent qu'elle n'a plus besoin de moi, je lance une marcheuse de l'Opéra dont vous entendrez parler un jour. Aussi la Sangalli me boude depuis quelque temps.

Pendant une demi-heure, Henri écouta des histoires théâtrales ou mondaines. Mais Raimbert, l'universel, ne s'en tint pas là. Il déclama, pour son jeune collègue, les derniers vers de Victor Hugo, chanta une romance inédite que Maurel avait fait entendre dans un salon la veille, et esquissa avec ses longues jambes, sur le tapis vert de son cabinet, le pas dansé par Mauri dans le dernier ballet créé par elle.

Champdhivers se retira, aussi bien informé de ce qui se passait à Paris que s'il y était arrivé depuis six mois.

Quant à l'affaire qui l'intéressait le plus, il était moins avancé. Cependant le peu que lui

avait dit Raimbert confirmait ce dont il était
certain d'avance : à savoir que son futur beau-
frère n'était pas à Paris pour les beaux yeux du
ministre, ou, du moins, que ce ministre-là avait
des jupons, comme disait le docteur.

Il tardait à Henri de joindre le comte de Kerisel et, suivant la promesse faite à sa sœur, il était
bien décidé à employer exclusivement les voies
diplomatiques. Mais, pour cela, il était indis-
pensable d'en savoir plus long. Est-ce que, par
hasard, il s'agirait, comme quelqu'un l'avait dit,
d'un autre mariage? C'était bien peu croyable.
Un homme de l'éducation du comte de Kerisel
n'était point capable de procédés de ce genre.

— Malgré tout, se disait le sceptique Champdhivers, il faut voir. Tout arrive en ce monde.

Alors, il continua ses démarches, et, d'abord,
il entreprit la tournée des salons du vieux faubourg où il supposait pouvoir trouver des nouvelles. Dans la plupart de ceux qu'il visita, personne n'avait entendu parler d'Alain. Ailleurs,

on savait vaguement qu'il était revenu de sa mission en Orient. Quelques personnes seulement connaissaient sa présence à Paris, mais il était évident qu'il ne faisait pas de visites. Chose plus sérieuse, son mariage avec mademoiselle de Champdhivers commençait à s'ébruiter dans la société.

Henri, en garçon prudent, niait. On ne pouvait savoir ce qui allait arriver. Le plus sûr était de se ménager une retraite.

— Vraiment! lui répondirent en souriant quelques douairières peu crédules. Ce n'est donc pas pour cela que vous êtes venu en France?

Plus d'une fois il avait songé à lady Abbott, mais cette visite l'effrayait et il la remettait de jour en jour. A Constantinople, il fréquentait le salon de l'amirale. Que de fois, par ces hasards prémédités, qui sont la ressource des liaisons du monde, il y avait rencontré celle qu'il ne pouvait oublier! Il ne doutait guère que les yeux clairvoyants de la vieille femme n'eussent percé l'amoureux mystère. Il sentait qu'en la revoyant mille souvenirs allaient se réveiller, redoubler sa souffrance. Ce serait la première fois qu'il se retrouverait en face de quelqu'un l'ayant connue, *elle*.

D'ailleurs, Kerisel était-il en relations avec les Abbott ? rien n'était moins certain. Mais, dans tous les cas, s'il était instruit de leur parenté avec les Champdhivers, il n'avait eu garde de se montrer chez eux.

Enfin, après bien des hésitations, un soir, vers les neuf heures, Henri sonna à la porte de l'amiral qu'il trouva, par hasard, en tête-à-tête avec sa femme. En voyant entrer le jeune homme, les deux époux échangèrent un regard quin'échappa point à celui-ci. Évidemment ils savaient quelque chose.

Sir Richard Abbott tendit joyeusement au jeune consul sa main d'abord, son cornet ensuite, et ils se mirent à parler des Indes, que l'amiral avait souvent visitées et des amis qu'il y comptait encore.

Puis ce fut au tour de lady Abbott. Elle ne pouvait se dispenser de demander à Henri des nouvelles de son grand-père et de sa sœur, mais il fut aisé de voir combien elle souhaitait peu que la conversation s'engageât sur ce sujet. Avec plus de soin encore, elle évita de parler de Constantinople et questionna minutieusement Champdhivers sur les incidents de son voyage. Moins préoccupé lui-même, celui-ci se fût aperçu que sa vieille parente était sur des épines. Mais son esprit était ailleurs. Il songeait à la dernière visite qu'il avait faite à lady Abbott.

C'était le soir aussi, deux ans plus tôt, dans son salon de la rue de Péra, à Constantinople. Il partait le lendemain pour les Indes, et il venait prendre congé, tout pâle encore de la lutte dont il sortait victorieux et qui durait depuis des semaines. Ah ! triste victoire qu'il n'avait cessé de maudire depuis !

Tout en parlant des Indes, tandis que son esprit était en Turquie, sa main fouillait distraitement dans une coupe du Japon placée à sa portée et remplie de cartes de visite. Tout à coup, un éblouissement passa devant ses yeux ; il resta court au milieu d'une phrase, oubliant où il était, son regard, son intelligence concentrés sur un carré de carton où semblaient étinceler ces mots :

Madame Mertvago.

Il lisait, il relisait avec stupeur ce nom qui souvent, la nuit, l'éveillait en sursaut, crié à son oreille par une voix mystérieuse. D'abord, il ne comprit pas. C'était une ancienne carte, sans doute, conservée de là-bas. Mais une ligne écrite tout en bas, en caractères microscopiques, le frappa soudain :

45, rue de la Ville-l'Évêque.

— Comment ! *elle* est ici ! s'écria-t-il en se levant brusquement ainsi qu'un homme atteint de folie.

Lady Abbott, baissant sa pauvre tête blanche, ne lui demanda pas de qui il parlait. Depuis cinq minutes elle le voyait fouiller dans ses cartes. Elle prévoyait la découverte qu'il allait faire ; mais elle ne croyait pas que cette découverte dût apprendre au jeune homme rien de nouveau. En le voyant entrer, elle s'était dit qu'il venait à Paris sachant y trouver Laura, appelé par elle, peut-être.

Cependant, Henri, s'efforçant de redevenir calme, s'inclinait devant lady Abbott. Il trouvait qu'elle apportait une lenteur infinie à tendre sa pauvre vieille main ridée qui tremblait bien fort. Déjà dix heures ! Il n'y avait pas une minute à perdre pour courir chez Laura. Chez Laura ! mon Dieu ! quel rêve, mais comme c'était loin ! Maintenant, ces quelques rues lui paraissaient un espace immense et, tout à l'heure, il se croyait séparé d'elle par les mers !

Mais sir Richard, qui ne savait rien, ne voulait pas laisser partir le jeune homme.

— Qu'est-ce qui vous prend ? disait-il. Je pensais que vous nous donniez votre soirée. Ma femme vous a accaparé et j'ai encore mille choses à vous dire. Au' moins revenez bientôt !

— Richard, soupira lady Abbott, restée seule avec son mari, la fatalité est contre nous. Savez-vous où il court en ce moment?

— Comment le saurais-je, Cary? Quand on ne verse pas les mots dans mon entonnoir à nouvelles, il vaudrait autant que je fusse par le travers de Socotora tandis qu'on me parle à Paris.

— Il a trouvé cette carte, dit la vieille femme en tendant à son mari le carré de vélin jeté par Henri sur la table.

— Ah ! ah ! je comprends ! Le gaillard n'a pas

été long à mettre à la voile, une fois ses compas réglés. Eh bien!·que voulez-vous? Cela devait fatalement arriver un jour ou l'autre.

— Oui, mais pourquoi faut-il que tout arrive par moi! On croirait que j'ai fait exprès de réunir chez moi Laura et Kerisel. Maintenant il faut que ce fou de Champdhivers apprenne, grâce à moi, la présence de cette femme.

— Comme c'est étonnant qu'au bout de si longtemps il soit encore fou d'elle à ce point!

— Je vous l'avais toujours dit, Richard. J'étais persuadée qu'il ne pourrait pas l'oublier. Et soyez sûr qu'elle-même n'oublie rien. Je l'ai vu à son regard quand j'ai prononcé le nom de Champdhivers devant elle, car c'est moi encore qui ai eu cette belle idée.

— Ce n'est pas vous qui êtes cause si tous ces gens-là ont perdu la tête. Allons, ma pauvre femme, calmez-vous et laissez éclater la bombe comme elle pourra.

— Encore faudrait-il qu'elle éclatât sans tuer

personne! Songez-vous, Richard, à ce qui se passe peut-être en ce moment, si ces deux hommes se sont rencontrés chez elle? J'aurais dû la faire prévenir. La surprise, en pareil cas, est ce qu'il y a de pire.

— Il est trop tard, Cary. D'ailleurs, cette petite est la femme la plus correcte que je connaisse, et elle a assez de tête pour se tirer d'une situation embarrassante. Je vous dis, moi, que tout se passera comme au théâtre. Là, quand tout semble perdu, que l'héroïne s'évanouit, que les héros vocifèrent, prêts à s'égorger, c'est que la soirée s'avance et que, dans vingt minutes, tout le monde sera couché. Nous n'avons plus qu'à en faire autant. Demain il fera jour et vous apprendrez que tout est pour le mieux.

— Ah! Richard! Dieu vous entende! Que vous êtes heureux de voir les choses avec ce calme!

XVI

Les semaines, pour Alain, avaient succédé aux semaines et, d'heure en heure, il s'enfonçait davantage dans la passion. Comme une force dont l'explosion devait être terrible, elle s'accumulait dans le bronze de cette volonté muette, inflexible, que rien ne pouvait distraire de son but. C'était, dans cet homme resté chaste durant toute sa jeunesse, la nouveauté des impressions de la dix-huitième année et l'expansion formidable, brûlante, de l'âge mûr. Et rien pour diminuer la tension de cette vapeur humaine. Kerisel ne voyait personne, absorbé, perdu dans une pensée unique, dont le travail, insensiblement, métamorphosait son âme.

Chaque jour, maintenant, il voyait Laura, le plus souvent chez elle, parfois dans quelque rue où elle lui disait de l'attendre. Elle arrivait toujours à la minute précise, et prenait son bras pour une de ces longues courses à pied qu'elle aimait à faire dans ces après-midi glacées de décembre. Il ne lui disait presque plus qu'il l'aimait et paraissait moins tendre, lui prenant la main pour la baiser, avec un geste saccadé et nerveux, où il y avait presque de la colère.

Mais elle trouvait, sans cesse rivé sur elle, un regard qui lui disait : « Je vous attends, je vous aurai, je vous veux. » Avec cela, plus esclave que jamais, il passait ses journées à chercher les moyens de plaire à son idole. Et c'était une chose touchante de voir, au moindre merci un peu abandonné, cette physionomie durcie par la passion renfermée devenir rayonnante de joie. Dans ce moment-là, Kerisel vivait, littéralement, comme un homme ivre. Il oubliait même, sous l'éblouissement de ce bonheur, l'amertume de la félicité toujours entrevue, jamais atteinte. Quant au reste du monde, il n'existait plus alors pour lui.

Mais, quand Laura n'était pas près de lui, Alain retrouvait sa raison et, chaque jour, elle lui tenait un langage plus rude. Qu'avait-il reçu, en échange de ce qu'il avait donné? Au moins les larmes qu'il faisait verser à une autre étaient-elles payées, à lui? Sa folie, — il employait avec lui-même ce mot commode, — aurait-elle jamais sa récompense? Et si tout cela devait être inutile !...

En pensant à Madeleine, il se sentait comme un prisonnier fugitif dont rien, jusque-là, n'avait contrarié la fuite. Il pouvait croire que sa promesse n'était qu'un rêve, si aisément il en avait fait glisser sur lui la chaîne. A peine avait-il entendu parler de celle dont le doigt portait encore l'anneau qu'il y avait passé. Mais ce

calme ne durerait pas toujours ; le moment
critique des comptes à régler finirait par venir.
Il faudrait parler. Que dirait-il, mon Dieu ?

Bientôt sa pensée revenait à Laura, et, soudain, une autre frayeur le glaçait. Si elle allait
partir !

Car, de ce côté encore, il sentait venir l'heure
fatale. Un beau jour, elle lui annoncerait ce départ. Il est vrai qu'elle ne lui en avait plus parlé
depuis cette première soirée passée ensemble
chez les Abbott. Elle avait même quitté l'hôtel
et pris un appartement. Mais ce silence qu'elle
gardait sur ses projets venait accroître l'inquiétude d'Alain. Tout lui disait : Hâte-toi de te faire
aimer. Et, jusqu'à présent, tout ce qu'il avait
obtenu c'est qu'elle ne lui défendît pas de la
poursuivre en silence de sa passion. Qui pouvait
savoir si jamais il obtiendrait davantage? C'était
là surtout qu'il était torturé par un mystère.

Dès les premiers jours, — c'était à Naples, il
ne l'oublierait jamais, — elle lui avait parlé

d'un homme, le seul qui eût gagné son cœur, assurait-elle. Cet amour, qu'elle disait mort, l'était-il en effet? Pourquoi donc, alors, y faisait-elle à présent des allusions fréquentes, tandis que, précédemment, elle semblait ne pas s'en souvenir? Maintenant on eût dit qu'elle éprouvait le besoin de parler de cet homme. Parfois Alain tremblait qu'elle ne le nommât, car, tant qu'il ignorait son nom, il pouvait se croire jaloux d'un être imaginaire. Et cependant, peu à peu, il avait tout appris : comment Laura et l'inconnu s'étaient rencontrés, les longues péripéties d'une attaque savamment conduite et d'une défense vigoureuse. Enfin, l'heure suprême de la défaite et les épisodes brûlants d'une vie d'amour sous le ciel de l'Orient. Madame Mertvago, — chose inexplicable chez une femme de cette éducation, — faisait ces récits comme une chose toute simple, en souriant avec complaisance, parfois avec des yeux brillants et des gestes passionnés; puis, tout d'un coup, elle

s'arrêtait, regardant curieusement Kerisel, étu-
diant sur son visage les émotions cruelles et
brûlantes qu'elle excitait en lui, les progrès de
la rage jalouse dont on eût dit qu'elle guettait
l'explosion. Elle appelait cela faire ses expé-
riences.

Mais, sur ces bouillonnements furieux, il
abaissait l'écrou de bronze de sa volonté ; il
attendait. Il espérait se venger quelque jour, à
force de baisers, d'étreintes folles, de voluptés
sans nom. Et il sortait de ces épreuves avec sa
passion attisée, aussi bien qu'avec une haine
féroce pour cet inconnu à qui l'on avait prodigué
tout ce qu'on lui refusait.

Un jour, en voyant ces combats qu'il se livrait
sans cesse à lui-même, Laura lui avait dit, se
trahissant :

— Mais, vous ne vous révolterez donc jamais ! Ah ! si je *lui* avais parlé ainsi !...

— Eh bien ! quoi ? répondit-il, les dents serrées. Il vous aurait battue ? C'est ce que vous

voulez dire? Cela me montre quel homme c'était.
Mais moi je suis gentilhomme, et, chez nous, on
ne lève la main sur une femme que pour la
tuer.

— Mon cher comte, dit la jeune femme, pâle
de colère, vous avez tort de croire qu'il s'agit
d'un diplomate des nouvelles couches. Voulez-
vous que je vous le nomme? Vous verrez qu'il
est de bonne famille.

— Non, répondit Kerisel en baissant la tête;
je vous en supplie, ne le nommez pas.

Un soir du mois de décembre, vers dix heures,
il se trouvait seul dans le petit salon de madame
Mertvago. L'appartement qu'elle occupait, rue
de la Ville-l'Évêque, n'était qu'un pied-à-terre.
Elle n'avait point pris le temps de le meubler,
mais les étoffes d'Orient jetées çà et là, avec un
goût exquis, les fleurs dont Alain le remplissait
chaque matin, en faisaient un séjour étrange et
charmant, quelque chose comme le nid d'un bel
oiseau exotique. Laura sortait peu le soir, crai-

gnant également, en véritable Orientale, la fatigue et le froid. Et puis quelle distraction aurait
pu valoir pour elle le plaisir de se sentir adorée,
admirée, désirée des heures entières, de voir à
ses pieds un homme dont le regard la dévorait,
qui avait oublié pour elle le reste du monde,
dont elle était le rêve vivant?

Malgré tout, ce désir muet, mais incessant,
implacable, la grisait. Lorsque, pendant des
heures, Kerisel était demeuré à ses genoux, ne
demandant rien, mais quittant à peine de ses lèvres le bout des doigts qu'elle lui abandonnait,
ou le satin de sa mule, des frissons la secouaient,
qu'elle ne pouvait empêcher et qui la laissaient
toute pâle.

— Comme il fait froid ce soir ! disait-elle, ne
voulant pas laisser voir que la déesse devenait
un peu trop femme.

Alors, bien vite, Alain se levait, tisonnait le
feu, rajustait les plis lourds des portières, cherchait des yeux quelque dentelle pour en couvrir

les épaules de Laura qui le suivait du regard
étrange de ses grands yeux noirs cernés d'opale.

— Quand m'aimerez-vous ? demandait-il en reprenant ce qu'il appelait *sa place*, c'est-à-dire
en se remettant à genoux près d'elle.

Elle répondait : Jamais ! d'une voix sourde et
comme indignée, le regardant en face. Et lui,
retenant un soupir, bien qu'il se fût attendu
d'avance à ce *jamais*, courbait de nouveau la
tête sur cette petite main qui s'abandonnait,
molle et fatiguée, à ses lèvres.

— Cela ne fait rien, disait-il. Si vous saviez
comme je suis heureux !

Un soir, pourtant, il succomba.

Depuis une heure elle s'oubliait à lui parler
de ce qu'elle appelait sa vie de Constantinople,
racontant des choses insensées, inouïes d'audace, peut-être inventées à plaisir pour torturer Kerisel et le rendre fou. Comme il arrive souvent, l'étrange créature s'était grisée, pour ainsi
dire, en parlant de sa propre beauté. Ses joues

s'étaient animées et, lentement, mélodieuse-
ment, les mots tombaient de ses lèvres rouges dé-
tendues par un sourire semblable à l'extase d'un
rêve amoureux. Aucun homme, peut-être, n'eût
résisté ce soir à la tentation qui émanait d'elle.

Soudain sa parole s'interrompit, arrêtée sous
d'autres lèvres qui se collaient, avides, fu-
rieuses, à la bouche de la jeune femme.

Surprise, d'abord, elle essaya de lutter contre
les bras de fer qui l'étreignaient, meurtrissant
sa poitrine. Mais elle connaissait un moyen plus
sûr de les faire retomber impuissants, vaincus,
inertes.

— Laissez-moi ! cria-t-elle ; et les mots s'en-
tendaient à peine, étouffés, comme hachés sous
les baisers d'Alain. Laissez-moi ! N'êtes-vous
pas honteux ? Ne voyez-vous pas que c'est *lui*
que j'aime ? Oh ! oui, je l'aime ! je l'aime ! je
l'aime !

Elle jetait ces exclamations folles dans le *cres-
cendo* de la passion, adorablement belle, trans-

figurée, si bien qu'Alain ne la reconnaissait plus, abandonnée, mais abandonnée, hélas ! à la pensée d'un autre !

— Ah ! vous l'aimez ! criait Alain, se relevant, blême de rage et de honte. Vous l'aimez et c'est dans mes bras que vous le dites ! Vous avez donc menti ! Quelle femme êtes-vous alors ? A quoi faut-il croire dans vos paroles ?

Elle le regarda quelque temps sans répondre, jouissant de sa défaite, puis, avec un sourire de triomphe, elle dit lentement :

— N'est-ce pas que vous n'essayerez plus de me prendre de force ?

— Je veux partir, dit-il, épuisé. Vous m'avez trompé. Vous m'avez tant répété que vous n'aimiez plus, que vous n'aimeriez plus jamais !

— Eh bien ! c'est peut-être moi qui me suis trompée, fit-elle avec un regard qu'il ne vit pas. Mais partir, vous !... Comme je vous en défie ! Ah ! vous êtes bien mon esclave, allez ! Vous me plaisez ainsi. J'aime à vous voir vaincu, terrassé,

Comme c'est bon de contempler sur le visage d'un homme l'écrasement, la souffrance, les larmes que l'orgueil seul empêche de jaillir!

— Mon Dieu! pourquoi vous ai-je rencontrée? dit Alain très bas, toute sa colère changée en désespoir. Que de mal fait en six semaines! que de malheurs dans l'avenir! Quelle sera désormais ma vie? Et tout cela, pour me voir honteusement, misérablement bafoué!

Le timbre de l'antichambre retentit. Les visites que recevait Laura étaient peu nombreuses, mais, quand Kerisel était là, sa porte n'était jamais condamnée. Ce jour-là, toutefois, après la scène qui venait d'avoir lieu, la présence d'un étranger n'était point faite pour les charmer ni l'un ni l'autre. Mais il n'était plus temps de donner des ordres. Déjà la portière se soulevait: un homme qui avait à peine pris le temps de jeter sa pelisse sur la banquette paraissait au seuil du petit salon. C'était Henri de Champdhivers.

Il ne vit que Laura. Elle était gracieusement

étendue dans son fauteuil, drapée dans les plis de satin noir de sa robe d'où sortait le pied d'enfant qu'il avait l'habitude, jadis, de baiser d'abord, muet, agenouillé, avant de donner d'autres caresses à ces mains, à ces lèvres. Il lui semblait qu'il l'avait quittée la veille, qu'elle l'attendait, qu'elle allait lui dire ainsi qu'autrefois :

— Comme vous venez tard !

Laura, de son côté, croyait rêver. A la lueur rose de l'unique lampe voilée d'un épais abat-jour, elle commençait à reconnaître ce visiteur qu'elle ne croyait pas si près, bien qu'elle s'attendît, depuis quelque temps, à le voir paraître un jour. Mais, malgré son goût pour les situations violentes, en dehors de l'ordinaire, elle aurait tout donné pour qu'il ne fût pas là maintenant.

Cependant Henri s'était arrêté, les mains jointes, ne voyant qu'elle et la croyant seule.

— Oh ! Laura ! s'écria-t-il.

A ce nom, à cette voix, un troisième personnage bondit du siège ou il était assis dans l'ombre. Les deux hommes se regardèrent, se reconnurent. En une seconde, ils avaient tout deviné, tout compris.

Laura, la première, retrouva son sang-froid et put prendre la parole. Souriante, quoiqu'un peu pâle, aussi maîtresse d'elle-même que si elle eût eu devant elle des visiteurs ordinaires, elle indiqua à Champdhivers un fauteuil près du sien.

— Je crois, messieurs, dit-elle, que je n'ai pas besoin de vous nommer l'un à l'autre.

Elle les tenait sous son regard, les obligeant à être ce qu'ils devaient être en sa présence. Ils se saluèrent, mais ils ne se tendirent pas la main. Ces deux mains devaient se toucher plus tôt qu'ils ne le croyaient !

— Monsieur de Kerisel a dû vous dire, madame, répondit Henri, étrangement calme en apparence, que nous nous sommes rencontrés à Ceylan, il y a quelques semaines. Et, voyez un

peu comme les projets changent ! Nous nous
étions donné rendez-vous à Cannes et nous nous
retrouvons à Paris... non sans peine. Car il y a
plusieurs jours que je cherche monsieur ; mais
il n'est pas facile à joindre.

La conversation prenait une tournure dan-
gereuse et, d'ailleurs, facile à prévoir. Laura sut
en changer le cours ; elle fit un tour de force
dont peu de femmes eussent été capables, obligeant à causer courtoisement ensemble ces
deux hommes dans la poitrine desquels grondait une colère mortelle.

Ou plutôt, elle causait à peu près seule, faisant les demandes et les réponses, se contentant d'une inclination, d'un signe de tête, parlant, parlant toujours, pour empêcher qu'ils ne
parlassent, eux. Sa voix était posée, ses gestes
calmes ; seulement, au bord de la frange de
ses cheveux bruns, une légère rosée brillait.

Bientôt Henri et Kerisel se levèrent, s'étant
compris du regard. Il ne fallait pas qu'un d'eux

15

restât dans ce salon après l'autre ; il fallait partir ensemble, et le plus tôt serait le mieux.

Partir ensemble ! Laura savait ce que cela
voulait dire. Il fallait l'empêcher. Elle avait dit
à Alain qu'elle aimerait à voir couler le sang,
mais, maintenant, elle frissonnait en songeant
que ces deux hommes s'étaient déjà provoqués
du regard. Oh ! non ! pas de sang ! pas celui-là !

Comme ils étaient dans l'escalier, elle s'avança
elle-même au bord des marches.

— Monsieur de Champdhivers, dit-elle, pardon de vous faire remonter, mais j'ai à vous demander quelque chose.

Le comte, serrant les poings, descendit seul,
blanc de rage. Henri rentra dans le salon qu'ils
venaient de quitter.

— Eh bien, madame, dit-il, très froidement,
que me faites-vous l'honneur de désirer de moi ?

— Je veux votre parole qu'il ne se passera
rien entre vous et...

— ... Et mon futur beau-frère ? Car vous savez

sans doute que le comte de Kerisel doit, ou du moins devait nous faire l'honneur d'entrer dans notre famille? Mais, comme je le disais tout à l'heure, l'imprévu est tout dans la vie. On revient en France pour y chercher une fiancée : on y trouve... autre chose.

— Ah ! vous n'avez pas changé, dit-elle avec un amer sourire. Mais le temps des reproches est passé et je ne relèverai point ces paroles. Seulement, ce que je veux, ce que j'exige de vous, Henri, c'est que rien de violent ne survienne entre vous et celui qui sort d'ici.

— En vérité ! vous avez le droit d'exiger cela ? Franchement, je me demande pourquoi.

— Parce que je vous ai aimé ; parce que je me suis donnée à vous et, en dépit de vos paroles méchantes, à vous seul. Parce que c'est vous qui m'avez quittée, malgré mon désespoir, malgré mes larmes. Vous ne l'avez pas oublié, peut-être ?

— Non ! hélas non ! s'écria-t-il, remué jusqu'au fond du cœur par cette voix. Si je l'avais oublié, je ne serais pas ici. Depuis quelques minutes seulement, je sais où vous êtes et j'accourais pour vous demander pardon, pour vous dire que je vous aime cent fois plus, que vous êtes nécessaire à ma vie, pour me tuer si vous ne vouliez pas m'ouvrir vos bras. Mais le hasard a bien fait les choses et vous avez magnifiquement combiné votre vengeance. Ah ! vous non plus, vous n'avez pas changé !

— C'est vrai, répondit-elle presque à voix basse, comme se parlant à elle-même. Il y a des hasards étranges. Vous m'avez sacrifiée à votre famille et, si je voulais, un autre oublierait votre famille pour moi. Pourtant, cet autre n'a pas eu ce que je vous ai donné.

— Mensonge ! Pourquoi tiendriez-vous tant à sa vie s'il n'était pas votre amant ?

— Vous ne me connaissez donc plus ? dit Laura en levant la tête. S'il l'était, je vous l'aurais déjà dit. Qui pourrait m'en empêcher ?

Entre vous et moi, Henri, tout est fini à jamais.

Cette voix que, depuis si longtemps, il rêvait d'entendre encore, lui faisait oublier tout le reste. Souvent, dans ses plus grandes colères, cette créature superbe avait été fléchie par un regard, par un mot. Il voulut essayer encore. Tout fini entre eux ! C'était impossible.

— Pardon ! s'écria-t-il à genoux. Je vous en supplie, pardon ! Si vous saviez ce que je souffre depuis deux ans ! Vous avez été inexorable. Si vous aviez lu mes lettres, vous auriez eu pitié de moi. Mais vous n'avez pas daigné les ouvrir.

Elle recula, très calme, loin des bras qui cherchaient à l'étreindre.

— Il ne fallait pas m'écrire, dit-elle, il fallait venir. Longtemps je vous ai attendu.

— Eh bien ! me voici, me voici à vos pieds, et pour ne plus vous quitter jamais.

Avec un mélange de tristesse et de cruauté, elle regarda longtemps l'homme qui se traînait à ses genoux. La dernière fois, c'est elle qui pleurait et qui implorait. Elle éprouvait cette sensation douce et cuisante à la fois d'une blessure qui se ferme.

— Non, dit-elle enfin en remuant lentement la tête. Il est trop tard.

— Ah! s'écria-t-il, fou de désespoir, croyant surprendre un aveu, il n'est pas trop tard pour régler mes comptes avec ce misérable.

Et il sortit, courant presque, sans entendre la voix de la jeune femme qui le rappelait.

En bas, sur le trottoir désert, au froid piquant d'une nuit de décembre, Alain de Kerisel attendait. Ainsi donc, l'homme qu'elle avait tant aimé, c'était le frère de Madeleine, celui qui, tout à l'heure, l'avait appelée : Laura! Maintenant il comprenait ces paroles qu'elle avait prononcées un soir :

— Ah! si vous saviez pourquoi vous êtes ici!

Parbleu! il était pour elle un instrument de vengeance, peut-être aussi une sorte d'otage.

Elle savait bien qu'un jour l'infidèle viendrait
lui dire :

— Rendez-nous le fiancé de ma sœur.

Et elle se réservait de répondre :

— Le voilà, mais donnant, donnant.

Sans doute le marché se concluait là-haut. On
l'avait gardé, lui, comme on enferme un chien
perdu jusqu'à ce que son possesseur légitime
vienne le prendre, en lui jetant quelque os à
ronger, de peur qu'il ne brise sa chaîne. Ah !
comme ils devaient rire de lui, de ses scrupules,
de ses respects chevaleresques !

Lui-même riait tout haut de sa propre naïveté.
Il avait des allures étranges. Deux sergents de
ville dont les bottes ferrées sonnaient mécani-
quement sur l'asphalte l'examinèrent beaucoup
en passant devant lui. Jamais, depuis que sa
mère l'avait mis au monde, il n'avait éprouvé de
colère semblable. Et cependant il était très
calme en apparence. Il tira sa montre, regarda
l'heure et se fixa dix minutes au bout desquelles,

si l'homme de là haut n'était pas descendu, il
irait le chercher. Et, en songeant aux portes fer-
mées qu'il faudrait briser, il sentait courir le
long de ses bras des frémissements semblables
à des ruisseaux d'eau tiède qui auraient coulé
sur sa peau.

Il regrettait d'avoir pris un délai si long.
Chaque minute lui semblait longue comme une
heure. Enfin, comme la huitième allait finir, la
porte s'ouvrit, et Henri parut, désespéré, lui
aussi, consterné, furieux. Il n'y avait pas à s'y
tromper; c'était un amant éconduit, repoussé
qui franchissait le seuil. Kerisel se sentit envahi
par une joie féroce et par le désir de fouler sous
ses pieds celui pour lequel il endurait ces tortures. Il chercha, il trouva l'insulte la plus san-
glante à lui faire, et, comme la porte se refer-
mait, un rire éclatant, sonore, secoua sa poitrine que touchait presque celle d'Henri.

C'en était trop. Le jeune homme leva une
main qui ne retomba pas, broyée dans un étau

de fer. Un cri retentit à une fenêtre ouverte au-dessus d'eux. Madame Mertvago, penchée, haletante d'effroi, regardait la scène. Qui peut dire jusqu'où la rage allait entraîner ces deux hommes? Mais, à cette exclamation, ils levèrent la tête et aperçurent Laura.

Alors il se passa quelque chose d'étrange et de saisissant. On vit les deux gentilshommes, soudain rappelés à eux-mêmes, saluer profondément la femme pour laquelle l'un d'eux devait mourir le lendemain. Puis, s'étant compris dans un regard, ils s'éloignèrent lentement, chacun dans une direction opposée.

15.

XVII

A une heure du matin, dans deux cercles séparés l'un de l'autre par le pont de la Concorde, on savait déjà que Kerisel et Champdhivers avaient choisi des témoins pour le lendemain. Naturellement, c'était le grand sujet de conversation de la soirée.

— Tiens, ils sont donc en Europe ? disait-on. Personne ne les a encore vus au Cercle.

— Ils ne font que d'arriver.

— Ah ! bien, ils n'ont pas perdu leur temps. Est-ce que c'est sérieux?

— Je crois bien. Il y a eu voies de fait.

— Bigre ! pour des gens dont le métier est de conclure des traités de paix ! Et où s'est passée la scène ?

— Sur un trottoir quelconque, il y a une heure. Mais comme les belligérants étaient seuls, les détails manquent.

— Oh ! alors l'affaire s'arrangera.

— Est-ce qu'on peut arranger une affaire avec les journaux ? Neuf fois sur dix on se bat pour les reporters.

Le lendemain on sut que le duel avait lieu. Puis bientôt une nouvelle se répandit qui compliquait tout : Kerisel était sur le point d'épouser la sœur de son adversaire. Alors ce fut un déluge de détails contradictoires. Chacun prenait parti pour les Kerisel ou pour les Champdhivers, sans trop savoir pourquoi. On se serait cru à Vérone, aux beaux jours des Montaigus et des Capulets.

Pauvre Madeleine ! Pendant ce temps-là elle tremblait la fièvre, dans son petit lit blanc, là-bas, à Cannes, ne se doutant guère qu'on s'occupait tant d'elle à Paris.

Ce fut par M. Raimbert que lady Abbott apprit la nouvelle. A peine, hélas ! en fut-elle surprise. Sans prononcer une parole, la vieille femme écouta la narration qui lui était faite, puis, quand le beau conteur eut fini :

— Savez-vous, dit-elle, où s'est passée l'altercation ?

— Rue de la Ville-l'Évêque, d'après ce qu'on rapporte.

Elle inclina, avec un soupir, sa pauvre tête blanche. C'était bien ce qu'elle craignait. Ils sortaient de chez *elle* !

— Je comprends votre inquiétude, dit Raimbert, car vous les connaissez l'un et l'autre. Mais ne croyez-vous pas que la tragédie finira par un mariage ? Tout le monde le dit, vous savez.

— Il ne s'agit pas de mariage, répondit lady Abbott, et je crois que tout finira par du sang.

Jamais, depuis, on ne put la faire parler davantage. .

A sept heures du soir, les témoins de Kerisel se présentèrent une dernière fois chez lui. Le général de L..., un vieil ami de son père, lui dit très gravement :

— Il y a, dans cette affaire, je ne sais quoi d'étrange qui inquiète notre conscience, et nous trouvons le même sentiment chez nos adversaires. Il est facile de comprendre que, dans la situation, M. de Champdhivers a les mains liées ; mais nous sommes persuadés, d'après l'attitude de ses témoins, qu'il ferait tout ce qu'un galant homme peut faire pour que les choses n'allassent pas plus loin.

— C'est possible, mais il ne faut pas renverser les rôles. M. de Champdhivers a levé la main sur moi, voilà ce qui est incontestable. Après cela, je ne vois pas de discussion possible.

— Assurément. Cependant il paraît démontré que le fait n'a pas eu de témoins, puisqu'il s'est passé dans une rue peu fréquentée, à minuit.

Pas de témoins ! Si, il y en avait eu un. Le sang monta aux joues de Kerisel à ce souvenir.

— N'insistez pas, je vous en prie, dit-il en faisant un geste expressif. Et maintenant, convenons de tout pour demain.

— Encore un mot qu'il est de notre devoir de vous faire entendre. Nous avons appris en dernier lieu, — par le public, car M. de Champdhivers est absolument muet à cet égard, — que le nom d'une jeune fille serait fatalement mêlé à cette rencontre. Sans en dire plus, nous attirons votre attention sur cette circonstance et nous vous demandons s'il n'y a pas là un fait spécial qui rend le duel sinon impossible, au moins très fâcheux.

— Je vous répète que ce n'est pas moi qui ai créé la situation actuelle et je vous donne ma parole que la circonstance à laquelle vous faites allusion est absolument étrangère à la rencon-

tre. Je suis certain, d'ailleurs, que mon adversaire confirmerait cette déclaration.

Il était inutile de discuter davantage. Les
témoins de Kerisel lui rappelèrent les dispositions arrêtées et le quittèrent pour jusqu'au
lendemain, fort perplexes du mystère qui pla-
nait sur le motif véritable de la querelle.

— Enfin, c'est fini ! dit Alain, quand il eut
entendu se refermer la porte.

Oui, c'était fini, pour lui, du moins. Dans
quelques instants, son honneur, d'une façon ou
d'une autre, serait lavé aux yeux du monde.
Mais aux yeux de Madeleine ? Maintenant il ne
pensait plus qu'à elle. Pourquoi donc la fatalité
s'était-elle mise entre eux ? Tout semblait si
aisé, si certain ! Et tout était détruit sans retour !
Il se revoyait à Marseille, le soir de son arrivée,
luttant contre une folie qu'il croyait encore passagère, hésitant malgré tout, par une sorte de
pressentiment suprême, à monter dans le train
qui allait emporter Laura. Il n'avait pas pu ! Il

y avait en cette femme un charme fatal, unique.
Peut-être qu'un jour Madeleine lui pardonnerait
quand son frère lui aurait dit :

— Moi aussi, j'ai vu ma vie dévastée par elle.

Une seule créature au monde pouvait, à ce
point, faire perdre la raison, et il l'avait rencontrée !

Mais il ne regrettait rien ; il ne maudissait
personne. Ses luttes l'avaient épuisé tellement
qu'il n'avait pas la force de s'irriter contre lui-
même. D'ailleurs, il était assez puni. Le juge le
plus sévère n'aurait pas le courage de le condamner en voyant cette misère. Il avait tout
sacrifié à sa passion, et il n'avait rien reçu en
échange, pas une parole vraiment tendre, pas
un baiser. Si, un seul, volé honteusement, tandis que Laura criait son amour pour un autre.

Et cet autre l'avait insulté devant elle !

C'était complet ; il en avait assez. Il éprouvait
une lassitude immense ; il n'avait plus qu'un
désir : dormir, dormir toujours. Il y avait tant

de nuits qu'il ne dormait plus ! Mais les heures lui paraissaient cruellement longues, et, pour les remplir, il n'avait même pas ces derniers apprêts, ces dernières lettres de l'homme qui va se battre. Ses affaires ? Elles avaient été réglées avant son voyage. Et, quant aux lettres, à qui écrire ? Il ne lui restait que des parents éloignés, qu'il connaissait peu, et qui se retrouveraient quand il faudrait. Il n'avait pas d'amis. Peut-être ferait-il bien d'écrire à Madeleine pour lui demander pardon, mais il n'en avait pas le courage. D'ailleurs elle saurait, sans lettre, jusqu'où était allé le repentir de son fiancé.

Enfin il pensait à Laura, et il ne pouvait s'habituer à l'idée qu'il avait été joué par cette femme. A travers les défauts de cette nature indomptée, il avait cru voir tant de grandeur d'âme, de franchise, de noblesse, même ! En ce moment son cœur était tenaillé par un ressentiment d'une amertume extrême, et cependant !...

— Oui, se disait-il, si je m'écoutais, je lui

écrirais ces simples mots : Je vous aime malgré
tout. — Cette lettre va lui manquer. Elle l'attend, j'en suis sûr. Ce sera la première occasion
où je lui aurai refusé un plaisir. Mais ce serait
trop. Et puis elle en aura tant d'autres par moi!
C'est pour le coup qu'elle va dire que je suis
un poète! N'importe, je voudrais bien voir sa
figure demain matin quand on viendra...... ·

On avait sonné à sa porte. A dix heures du
soir! Son valet de chambre était déjà congédié;
il alla ouvrir. Une femme entra, toute roulée
dans des fourrures, mais, au parfum, il la re-
connut; c'était Laura.

Mon Dieu! qu'elle était jolie, quand elle apparut, son manteau glissé à terre, souple et ondu-
lante comme un serpent dans le peignoir de satin qu'elle n'avait pas quitté pour sortir! Elle
regardait de tous côtés dans le cabinet de travail éclairé par deux bougies. Pas un papier en
désordre, pas un meuble ouvert; le feu clair
flambait gaiement dans la cheminée; la fumée

d'un cigare mettait ses marbrures grises dans l'air de la pièce où l'on sentait un grand calme,

— Pourquoi n'êtes-vous pas venu ce soir? dit-elle, un peu essoufflée, comme si elle eût monté très vite.

Il allait répondre quelque chose de dur, mais le regard qu'il rencontra lui en ôta le courage:

— M'avez-vous donc attendu? répliqua-t-il simplement, tout étonné de pouvoir être si froid pour elle. Franchement, je n'aurais pas eu l'idée de vous importuner par ma présence.

— Allons! pas de paroles méchantes que vous regretteriez! Je sais, par ce billet de lady Abbott, que vous vous battez demain.

Et elle jeta sur la table un papier qu'elle froissait dans sa main.

— Mon Dieu! madame, fit Kerisel avec une ironie croissante, on a vu des gens se battre pour moins que cela, et la nouvelle a dû vous surprendre moins que toute autre.

— Elle m'a consternée, dans tous les cas.
Mais il est impossible que ce duel ait lieu.
Quelle est la situation, après tout? Deux amis
se querellent, s'insultent sans témoins, ou, ce
qui est la même chose, devant un ami commun...

— Pardon, madame! dit Alain, à qui ce souvenir fit perdre son sang-froid. Vous n'êtes pas
un ami, pour moi. Vous êtes la femme que j'ai-
mais, à oublier toute raison, toute conscience.
Et c'est sous vos yeux que j'ai subi la dernière
des injures! Tenez! je ne pourrai plus jamais vous
voir. Je vous en supplie, allez-vous-en. Quand
vous êtes là, cette joue me brûle, comme sous
la marque d'un fer rouge.

Il était tombé dans un fauteuil, le visage
caché dans ses mains. Tout à coup, il entendit
tout près de lui un bruit de soie froissée. A genoux, lui entourant la tête de son bras, Laura
touchait de ses belles lèvres la joue de Kerisel.

— N'est-elle pas oubliée maintenant, disait-elle de sa voix chaude et vibrante, cette injure reçue pour moi? Que de fois m'avez-vous répété : Pour un baiser je mourrais! Cher cœur passionné et malheureux, combien vous en faut-il pour vivre?

— O Dieu : s'écria-t-il en la repoussant, comme vous avez peur que je le tue! Comme vous l'aimez!

— Sur la vie de ma mère, Alain, ce n'est pas lui que j'aime.

— Mais vous avez donc oublié? Vous ne savez donc pas que dans mes bras, hier, c'est lui que vous appeliez?

— J'avais peur de vous, Alain... peur de moi aussi, peut-être. Je me suis réfugiée derrière ce nom comme derrière un suprême obstacle. Si, en ce moment, j'avais aimé cet homme, je me serais sentie moins effrayée.

— Ah! démon! vous cherchez à me tromper encore. Mais subitement, hier, mes yeux se

sont ouverts et j'ai tout compris. Oui, je sais
pourquoi, un beau jour, vous m'avez ordonné de
rester après ,m'avoir commandé de partir. Vous
m'avez gardé comme l'arme de votre vengeance,
comme l'appât vivant qui attirerait tôt ou tard
la proie qui vous avait échappé. Eh bien! vous
ne vous êtes pas trompée, et votre amant est revenu. Vous n'avez plus besoin de moi. Pourquoi venez-vous me troubler encore?

— Alain, écoutez-moi, dit-elle debout, tandis
qu'il se promenait fiévreusement de long en
large. Ces pensées, je les ai eues, c'est vrai.
Quand je vous ai rencontré, je croyais l'aimer
encore, lui, en dépit de mes paroles. Et surtout,
je voulais l'aimer. C'est déjà trop, pour une
femme, de succomber une fois comme je l'ai fait.
Mais la seule chose qui puisse faire pardonner
un amour semblable, en le rendant noble et
digne de respect, c'est d'être le seul de toute une
existence. Hélas! qu'est-ce que notre volonté misérable? Bientôt j'ai senti que l'amour n'était

plus que le souvenir et que, chaque jour, le souvenir s'enfuyait. Alors j'ai lutté; vous m'avez entendu parler de lui sans cesse; vous avez souffert cruellement, vous disant : Comme elle l'aime encore! Ah! si vous aviez mieux connu le cœur de la femme, vous vous seriez réjoui en vous souvenant que, d'abord, je ne vous en parlais jamais!

Maintenant Alain ne marchait plus. Debout en face d'elle, les bras croisés, il l'écoutait, ne la quittant pas du regard.

— Quand *il* est entré hier, continua Laura, j'ai senti que tout était mort. A ses colères, à ses supplications, j'ai répondu seulement : Il est trop tard.

— Et c'est sur moi qu'il s'est vengé. Décidément, vous me réservez pour les rôles sacrifiés, madame. Dieu sait, pourtant, que je ne lui avais rien pris.

— Vous lui avez pris tout, Alain, dit-elle sans rougir, mais d'une voix qui tremblait un peu.

Vous m'avez vaincue, et de la seule façon qui pouvait me vaincre. J'étais prête à lutter, sûre du triomphe. Mais comment lutter contre une volonté muette, indomptable, que rien ne peut rebuter, contre une passion qui se tait, mais qui n'en brûle que davantage ?

— Ah ! si je pouvais vous croire ! s'écria-t-il en se tordant les mains.

— Eh bien ! crois-tu, maintenant ?

Elle était sur sa poitrine, l'enlaçant dans ses bras. En un long baiser silencieux, leurs lèvres s'étaient unies.

— Hélas ! dit Kerisel, rappelé bientôt à la réalité sombre. Pourquoi n'avez-vous pas parlé plus tôt ?

— Je voulais ne parler jamais. C'est hier soir, en voyant ta douleur — car je l'ai si bien comprise ! — en voyant ton regard éperdu monter vers moi, en voyant ton bras retomber, vaincu par ma présence !... Ah ! cher ! ne regrette pas

16

cette minute terrible. C'est elle qui m'a donnée à toi!

— Allons! soupira-t-il après une nouvelle étreinte, je suis heureux maintenant. J'ai eu ce que je n'espérais plus avoir. Laura! ma chérie! soyez remerciée à jamais. Je vous aime et je vous pardonne... A présent il faut nous quitter... pour ce soir.

— Pour ce soir! Crois-tu donc que j'oublie pourquoi je suis venue? Ta vie est à moi. Je la veux, je la garde. Quand ces bras se seront refermés sur toi, qui pourra venir t'y atteindre?

— Qui? mon pauvre enfant chéri! Vous le savez aussi bien que moi.

— Oh! langage menteur des hommes! Quand vous vous traînez à nos pieds, vous nous promettez tous les sacrifices. Et quand le moment du sacrifice arrive, vous vous récriez en disant: Oh! non! pas cela!

— Non! chérie, pas cela! pas l'honneur!

— Pourtant, moi je t'apporte le mien. La nuit

s'avance, Alain, et, quand ces hommes vien-
dront, je te jure qu'ils me trouveront ici !

Elle était d'une beauté plus qu'humaine, dans
son exaltation et son audace. Alain, une dernière
fois, contempla la vision voluptueuse, si souvent
appelée.

— Serpent tentateur adoré, va-t'en ! cria-t-il.

— Tais-toi et viens! dit-elle en cherchant à
l'entraîner.

Il mit sur ses cheveux dénoués une dernière
caresse et murmura tout bas à son oreille :

— Oui, je viens.

Elle le crut sorti pour écarter ses domestiques.
Au bout d'une minute un soupçon la saisit et
elle se précipita à travers les pièces désertes en
appelant: Alain ! Mais l'appartement était vide.

XVIII

Alain de Kerisel et Henri de Champdhivers se
battirent le lendemain matin à huit heures au
bois de Boulogne, derrière les tribunes d'Au-
teuil. Il faisait grand froid et le jour de décembre se levait à peine au ciel gris et mat
comme le plafond en verre dépoli de l'atelier
d'un peintre.

Les deux adversaires descendirent de voiture
à quelques minutes d'intervalle. Autant Kerisel
semblait calme, prêt à tout, indifférent même,
autant les traits d'Henri portaient la trace d'une
agitation violente. Durant toute la nuit, il avait

16.

pensé à sa sœur, au serment qu'il lui avait fait
sur sa vie à elle. Et voilà comme il le tenait !
Mais que pouvait-il faire, puisque c'était lui qui
avait frappé ?

Pauvre Madeleine ! partout et toujours elle retrouvait en face d'elle cette créature fatale qui
faisait oublier au fiancé, puis au frère, la parole
jurée.

Henri eût donné tout au monde pour éviter la
rencontre. Il eût renoncé à Laura ; hélas ! il
voyait bien qu'elle était perdue pour lui. Mais il
lui semblait qu'il se consolerait de tout par la
tendresse de Madeleine. Seulement, s'il arrivait
malheur à lui ou à Kerisel, Madeleine pourrait-
elle vivre ?

C'était horrible de violer ce serment fait sur la
vie d'une sœur !

— Je suis désolé de ce qui arrive, répétait-il,
en voiture, à ses amis. C'est un immense malheur. J'irais jusqu'à la limite du possible pour
que cette rencontre n'eût pas lieu.

— Nous sommes allés jusqu'aux limites du possible, et sans aucun résultat. Les témoins du comte sont évidemment surpris de son animosité, mais il veut se battre, et nous sommes convaincus que des excuses formelles ne seraient pas acceptées s'il pouvait vous venir à l'esprit d'en proposer. Mon cher, ne faites pas de sentiment et défendez votre peau. Vous devez savoir mieux que personne à quoi vous en tenir sur bien des choses, mais il est évident pour nous que cet enragé à froid veut vous tuer.

— Alors pourquoi a-t-il pris le pistolet où je suis de première force ?

— Rien ne vous dit qu'il n'y est pas aussi fort que vous. D'ailleurs nous n'aimons pas beaucoup les conditions qui nous ont été imposées envers et contre tout. A trente-cinq pas, avec faculté pour chacun d'avancer de dix pas, et feu à volonté jusqu'à mort d'homme ! Savez-vous que, s'il n'y avait pas eu voies de fait de notre part, nous n'aurions jamais accepté quelque chose de pareil? Ainsi, méfiez-vous, ne faites pas le généreux et, puisque vous êtes sûr de votre balle, ne laissez pas ce monsieur venir vous rendre visite de trop près.

— Malgré tout, je désire qu'une dernière tentative d'arrangement ait lieu avant le combat.

Alain semblait avoir prévu la chose. Il avait donné d'avance à ses témoins des instructions formelles. Au bout de cinq minutes les pourparlers furent reconnus inutiles et les préparatifs de la rencontre commencèrent.

Placés à la distance convenue, les deux adversaires pouvaient marcher jusqu'à une limite fixée, pour chacun, par une canne couchée sur le gazon durci.

Au signal, d'abord, ils restèrent immobiles. Puis M. de Kerisel, lentement, marcha sur Henri avec un air de résolution froide et implacable où l'on pouvait lire l'intention arrêtée de tuer.

C'était simplement la volonté inébranlable de mourir.

Champdhivers s'y trompa. Que Dieu le lui pardonne ! il ne se le pardonnera jamais.

En voyant son adversaire s'avancer sans précaution, sans s'effacer, calme comme un tireur qui s'approche du fourré où brillent les yeux de l'animal qu'il veut abattre, Henri se souvint des paroles de son témoin : Il est évident que cet enragé à froid veut vous tuer.

Il ne songea plus qu'à défendre sa vie. Qui ne l'eût fait à sa place ? Il leva son arme, la laissa tomber en ligne, comme il eût fait à la salle de tir, et, quand le guidon rencontra la cible humaine, son doigt pressa la détente.

Un léger tressaillement, semblable au frisson produit par le passage d'un vent glacé, agita le corps de Kerisel. Il s'arrêta, souriant étrangement d'un sourire triste et fier ; il leva la main et, les yeux déjà voilés, il tira en l'air. Puis il tomba : il avait été touché en pleine poitrine.

Éperdu de terreur et de désespoir, Champdhivers se jeta sur lui, l'appelant comme on rap-

pelle un voyageur qui veut partir malgré les
larmes qui l'entourent.

Alain ouvrit les yeux et, une dernière fois,
les mains de ces deux hommes qui devaient être
frères s'unirent ici-bas.

— Madeleine ! articula faiblement le blessé.
Pardoh... dites-lui... pas tiré...

Il ne mourut que le soir, après un retour à la
vie de quelques heures, pendant lesquelles un
prêtre consola son agonie.

Des parents éloignés vinrent chercher, pour le
conduire en Bretagne, le corps de celui dont ils
héritaient. Auprès du wagon gris aux grandes
lettres rouges, où l'on chargeait le lourd cercueil, Henri, méconnaissable, étouffait ses san-
glots sans faire attention aux curieux qui se
le montraient avec des paroles dites à voix
basse.

A quelque distance, une femme en deuil, dont
personne ne pouvait dire le nom, se tenait debout,
un bouquet de violettes à la main, attendant

que les funèbres portefaix eussent achevé leur
besogne. Elle ne semblait pas s'apercevoir de la
curiosité qu'elle excitait, et ses traits superbes,
figés par la douleur, semblaient de marbre. Au
dernier moment, elle s'avança et, avec une simplicité émouvante, elle déposa, comme si elle
eût été seule, un long baiser sur les fleurs odo-
rantes, puis, les yeux pleins de larmes, mais
maîtresse d'elle-même, elle jeta le bouquet aux
pieds du corps de « son esclave », désormais af-
franchi par la mort.

Elle regarda, les lèvres serrées, secouée par un
affreux tremblement, le train qui s'ébranlait.
Elle songeait à cet autre train où ils étaient
montés ensemble, à Marseille. Elle entendait
encore Alain lui dire :

— Je ne vous quitte pas !

Il n'y avait pas deux mois, et, cette fois, c'est
lui qui partait seul !

Dans la cour de la gare, un gardien, assis dans
sa guérite, vidait de bel appétit son écuelle fu-

mante. La femme causait en riant, une fillette accrochée à ses jupes, attendant que l'homme eût fini le repas qu'elle venait d'apporter.

— Voilà le vrai bonheur!... dit Laura à cette vue... Mon Dieu ! comment faire pour oublier?

Elle referma avec une sorte de colère la portière de son coupé et fondit en larmes.

En arrivant chez elle, son parti était pris :

— J'aime encore mieux Constantinople, pensait-elle. Là c'est le tourbillon, ici c'est le remords. Allons, Laura ! reprends ta chaîne. Les chancelleries t'attendent.

Par la Malle suivante, Henri est reparti pour les Indes, sans toucher à Cannes.

Pendant bien des mois, dans son exil, il n'a

pas vu l'écriture de sa sœur. Un des derniers courriers lui a apporté une lettre où Madeleine lui écrit :

« C'est décidément le quinze octobre, jour de Sainte Thérèse, que je prendrai l'habit au Carmel de Nice. Je désire que vous soyez près de moi. Ce jour-là il est impossible que Dieu ne me fasse pas la grâce de pouvoir vous pardonner. »

Mais le docteur Prost qui, presque chaque semaine, donne des nouvelles à son ami, lui mande de son côté :

« Je sais que votre sœur vous appelle à sa prise d'habit pour le quinze octobre. Encore presque trois mois ! Hélas ! mon pauvre ami, c'est bien long.

» Si vous m'en croyez, vous ferez bien de venir plus tôt. Le noviciat la tue, mais, du moins, elle s'en va tranquille. De toute façon elle était perdue, et même, — je voudrais que ce malheureux pût m'entendre, — je crois que son mariage ne l'aurait pas sauvée. Elle meurt du mal que lui a légué sa mère.

» Quant à votre grand-père, je ne le comprends pas. Il résiste d'une façon qui m'étonne. C'est lui que je plains, car il s'en ira après sa petite-fille, mais pas longtemps après. »

FIN

F. Aureau. — Imprimerie de Lagny.

www.ingramcontent.com/pod-product-compliance
Lightning Source LLC
Chambersburg PA
CBHW071903020726
47502CB00003B/878